ज़िंदगी
यहीं कहीं

डॉ विमला व्यास एक सुप्रसिद्ध शिक्षाविद, वैज्ञानिक एवं वरिष्ठ लेखिका हैं! आप विज्ञान और शिक्षा के क्षेत्र में चालीस वर्षों तक इलाहाबाद विश्वविद्यालय में कार्यरत रही हैं! साथ ही सामाजिक कार्यों में भी रुचि रखती हैं! फिलहाल आप फुलटाइम लेखिका और सोशल चेंज मेकर की भूमिका में आपसे रूबरू हैं! आपका काव्य संग्रह 'अनहद बाजे' पाठकों के बीच काफ़ी लोकप्रिय रहा है! "ज़िंदगी यहीं कहीं" आपका पहला कहानी संग्रह है!

ज़िंदगी मुबारक

विमला व्यास

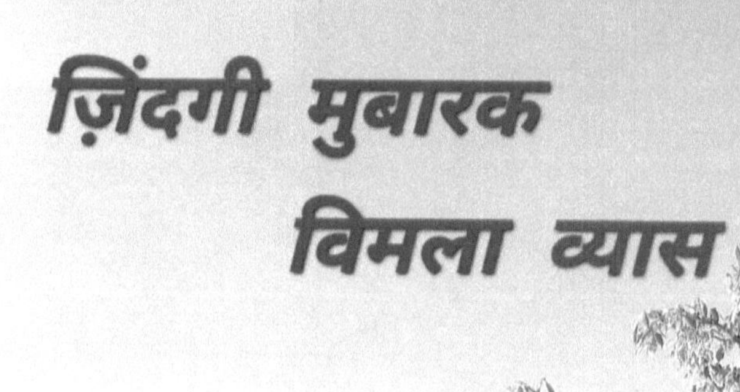

ज़िंदगी यही कहीं

कहानी संग्रह

डॉ विमला व्यास

ISBN

Hardcase 979-8-89446-814-3
Paperback 979-8-89446-019-2

माँ को,

जो सूत्रधार है
मेरी कहानी की
जिसके प्यार की खुशबू से
आबाद है मेरे अल्फाजों की दुनिया

जिंदगी यहीं कहीं - एक झलक

सुश्री विमला व्यास जी की सद्य प्रकाश्य कृति "ज़िंदगी यहीं कहीं" अपने प्रकाशन के अंतिम चरण में है। आपसे प्राप्त सूचना से यह ज्ञात हुआ कि यह 'बहु प्रतीक्षित कृति' अब छपकर हम सबके हाथों में आने वाली है, तो मन की प्रसन्नता कई गुना बढ़ गई।

एक लंबे समय से विमला जी लेखन के क्षेत्र में सक्रिय हैं। उनका नाम साहित्य जगत में नए विमर्श खड़े करने की दिशा में प्रयत्नरत, साहित्यकारों की श्रेणी में पृथक से गण्य माना जाता है। वह जितना अच्छा कथा साहित्य लिखती हैं, उतना ही अच्छा कथेतर लेखन भी करती हैं। उनकी रचनाएं सामाजिक सरोकारों से ओत-प्रोत नजर आती हैं। होगी भी क्यों नहीं? वे एक श्रेष्ठ संस्कारी परिवार परंपरा से रक्त संस्कार प्राप्त रचनाकार जो ठहरीं। आपके परिश्रम की यह सुंदर परिणीति अप्रतिम बन पड़ी है, इसमें कोई संशय नहीं।

हमें विश्वास है कि आपके कथा लेखन के विषय चयन और प्रस्तुतियां पाठकों को बखूबी लुभाएंगे। उनकी रचनाओं के शीर्षक ही यदि हम पढ़ें तो ऐसा लगता है कि रचनाकार "वयम राष्ट्रे जाग्रयाम पुरोहिताः" के मंत्र को आत्मसात करते हुए संपूर्ण देश और समाज का आवाहन कर रही हैं। इन आवाहन वाली कहानियों में

नीरवता, वह खुद ही बिक गया और सच्ची श्रद्धांजलि जैसी कहानियां तो मानों प्रेमचंदयुग की वापसी का संकेत देती हैं। सचमुच इस तरह की कथाओं ने पूरे संग्रह को अप्रतिम बना दिया है।

मैं आपके नवीन प्रकाशित ग्रंथ के लिए हृदय से शुभकामनाएं व्यक्त करता हूं। और ईश्वर से प्रार्थना करता हूं, कि वह आपकी लेखनी को खूब सक्षम बनाएं। ताकि आप वर्षानुवर्ष तक लेखन धर्म में प्रवृत्त रह कर, आज के भटके हुये समाज को एक नई दिशा दिखा सकें।

पुनः बधाई और शुभकामनाओं सहित...

डॉ विकास दवे
निदेशक, साहित्य अकादमी,
मध्यप्रदेश शासन, भोपाल

कहानी से पूर्व की कहानी

कहनी है आपसे, कहानी से पूर्व की कहानी...जिसकी शुरुआत कई दशक पहले **20 नवंबर** को चित्रकूट के प्राकृतिक और आध्यात्मिक वातावरण में हो चुकी है! इस कहानी को आगे बढ़ाया इलाहाबाद विश्वविद्यालय ने...पढ़ने आए थे हम, पर जाने ही नही दिया खुद से दूर...बस यहीं से शुरू हो गई, हमारी और आपकी कहानी!

बचपन से ही शब्दों के साथ खेलना शुरू हो गया, जो कायम है आज भी! फिर इलाहाबाद की गंगा-जमुनी संस्कृति और साहित्यिक परिवेश ने ज़िंदगी को नये आयाम दे दिए! विद्यार्थी जीवन में महीयषी महादेवी वर्मा जी का स्नेह आशीष मिला और मेरा अस्तित्व विस्तारित होने लगा!

एक जिज्ञासु यायावर की तरह, दुनिया घूम लेने की ख्वाहिश ने, मुझे कई बार अपने एकांत के क्षण प्रकृति के साथ बिताने का मौका दिया! पहाड़ नदियां समुंदर मुझे अपने पास बुलाते रहे! इस यायावरी ने मुझे खूबसूरत एहसासों के साथ कभी सुबह की चाय, तो कभी देर रात तक तारों को ताकना सिखा दिया! शायद यही वज़ह है, कि मेरी कहानियों में चित्रकूट, इलाहाबाद

और उत्तराखंड के पहाड़ों, जंगलों, नदियों के प्रति मेरी आसक्ति के स्वर रह-रहकर मुखर हो उठते है! मेरे लिए तो पहाड़ों में प्रत्येक सूर्योदय और सूर्यास्त की निजी मौलिकता है!

जब भी कहानी लिखने बैठती हूं! स्मृतियों के जलप्रपात पर यत्न से रखी भारी शिला, कोई अदृश्य शक्ति उठाकर दूर फेंक देती है! और वह तीव्र फुहार मेरे कागज, मेरी लेखनी और स्वयं मुझे, सर से पैर तक भिगो देती है! मेरी अधिकांश कहानियां और उनके किरदारों की दुनिया इसी पावन जलधार से अभिषिक्त हुई है!

मेरी सारी कहानियाँ ज़िंदगी की वास्तविक घटनाओं से जुड़ी होती हैं! हमारे व्यक्तिगत और सामूहिक संसार में जो भी घटित हो रहा होता है, वो मेरे अंतर्मन को बहुत गहरे तक प्रभावित करता है! ये घटनाएं मुझे तब तक बेचैन किये रहती है, जब तक मैं उन्हें लिख न दूँ!

वो कहते हैं ना, कि "हम सब की ज़िंदगी में कुछ ऐसी कहानियां होती है! जिन्हें हम न सुनाए तो पागल हो जाएंगे!"

"ज़िंदगी यहीं कहीं" के सृजन की पृष्ठभूमि में, मानव जीवन की ऐसी ही **ग्यारह कहानियों** का योगदान है, जो सत्य के धरातल पर सपनों के परिंदे की उड़ान है! ये परिंदा कभी चोट खाकर गिरता है, कभी संभलता है,

कभी अपनी मंजिल पर पहुंचता है! इसी गिरने, सम्हलने और आगे बढ़ने का नाम ज़िंदगी है!

मुझे उम्मीद है आप "ज़िंदगी यहीं कहीं" को पढ़ते हुए उन्हीं रास्तों से, उन्हीं सच्चाइयों से, उन्हीं सपनों से, उन्हीं गलतियों से वैसे ही गुजरेंगे जैसे इन कहानियों के किरदार गुजरे हैं!

डॉ विमला व्यास
जून 2024, प्रयागराज

प्रतिष्ठित व्यक्तियों द्वारा रिलीज़ पूर्व समीक्षा टिप्पणियाँ

विमला व्यास एक प्रतिभाशाली कहानीकार हैं, जो मानवीय अनुभवों को शालीनता और संवेदनशीलता के साथ व्यक्त करने की अपनी क्षमता के लिए जानी जाती हैं। उनका कहानी संग्रह "ज़िंदगी यहीँ कहीं" उनकी साहित्यिक प्रतिभा का प्रमाण है, जो पाठकों को तीव्र भावनाओं और विचारोत्तेजक कहानियों की दुनिया में आमंत्रित करता है। मैं, उन सभी लोगों को इसे पढ़ने की सलाह देती हूँ, जो सार्थक और प्रेरक क़िताब पढ़ना चाहते हैं।

आपकी लेखनी उत्तरोत्तर प्रगति पथ पर अग्रसर रहे, इन्हीं शुभकामनाओं के साथ...

\- पद्मश्री अजीत कौर, लेखिका एवं कथाकार,
नई दिल्ली, भारत

आपकी कहानी पाठक के मन को इतनी कोमलता से स्पर्श करती हैं कि यथार्थ और कल्पना का फर्क़ विस्मित हो जाता है! कहानी से ज्यादा अपने ही आसपास के जीवन का कोई सन्दर्भ महसूस होने लगती है! मानव मन की चितेरी है आपकी कलम, जो भाषा शिल्प की सहज प्रवाही गुणवत्ता से अत्यंत समृद्ध!

आपके कथा संग्रह "जिंदगी यहीं कहीं" के लिए, मेरी कोटिश: शुभकामनाएँ स्वीकार करें!

\- सूर्यबाला, लेखिका एवं कथाकार,
मुंबई, भारत

विमला व्यास की कहानियाँ, हर उम्र के पाठकों को पसंद आएंगी क्योंकि वे लगातार बदलती दुनिया की अनोखी प्रेम कहानियां हैं! जो वर्तमान समय और समाज में जटिलतर होते जा रहे मानवीय संबंधों की गहराई से पड़ताल करती हुई, उन सवालों के जवाब तलाशने का प्रयास करती हैं, जो हमारी जिंदगी के लिए बेहद ज़रूरी हैं! विमला जी की कहानियों में रोचकता और प्रवाह दोनों है! वह इसी तरह लेखन की दुनिया में आगे बढ़ती रहे! मेरी शुभकामनाएं उनके साथ हैं!

- ममता कालिया, लेखिका एवं कथाकार,
नई दिल्ली, भारत

एक सांस में पढी जाने वाली कथा लिखतीं हैं, विमला व्यास। कथा रोमान्टिक हो या प्रोब्लमैटिक, हृदय के अन्तरतम भावों को सुन्दर शब्द-संयोजन के सहारे इस तरह चित्रित करती हैं कि पाठक मंत्र-मुग्ध सा खोया रह जाता है।

आपके अद्भुत कथा संग्रह "जिंदगी यहीं कहीं "के लिए मेरी अनंत शुभकामनाएं...

- अयोध्यानाथ चौधरी
लेखक एवं कथाकार, नेपाल

कहानी-क्रम

नीरवता

आज के दिन की प्रतीक्षा वह पिछले चौदह वर्षों से लगातार कर रही थी! हर रोज की तरह आज भी, सुबह उठकर मंदाकिनी में स्नान करके कामदगिरि पर्वत का परिक्रमा लगाने जाती है और वापस आकर अपनी कुटिया में पूजा-पाठ करती है! जल्दी में बिना कुछ खाये ही, निकल पड़ती है अपने गंतव्य की ओर....

वो तपस्विनी, दोपहर को ठीक बारह बजे सेंट्रल जेल पहुँच जाती है और मेन गेट के बाहर खड़े होकर बेसब्री से उनके आने का इंतज़ार करने लगती है! आज उनकी एक झलक देखने के लिए वो बेताब हो रही है, पता नहीं कितनी देर बाद गेट खुलेगा और वो लोग बाहर आएंगे..?

मुझे पहचान तो लेंगे ना..?

खुद ही खुद से सवाल करती जा रही है!

इस कहानी की सूत्रधार तो मैं ही..?

फिर सज़ा किसी और को..?

यही सब सोचते हुए वो अपने अतीत में वापस पहुंच जाती है! ये दुखद घटना सतना जिले के छोटे से गांव

रजौला की है! आजादी से पहले एक छोटा सा स्टेट हुआ करता था! आज भी आसपास के बाशिंदे उसे रजौला स्टेट के नाम से ही जानते हैं! वहाँ की खास बात यह है कि ये धनाढ्य लोगों का गांव है, जिनमें राजपूत परिवार प्रमुख हैं। जो अपने को राजा का वंशज भी कहते हैं!

इन्ही में से एक घर ठाकुर राम सिंह का है, जो अपने छोटे भाई लखन और लाडली बहन सुभद्रा के साथ रहते हैं। उनका प्रमुख काम खेती- किसानी का है। माता-पिता के बाद दोनों भाई मिलकर खेत- खलिहान और घर संभालते हैं। डील- डौल, कद -काठी से भी राज परिवार के लगते हैं। बहन सुभद्रा की खूबसूरती का वर्णन शब्दों में करना संभव ही नहीं है। वो बेहद सुंदर सुकोमल धवलवर्णा कटीले नाक- नक्स वाली नव युवती है। गाँव के ही नही, पूरे क्षेत्र के कुंवारे राजपूत लड़के उसके साथ विवाह के सपने देखा करते हैं।

सुभद्रा को उसके दोनो भाई अपनी जान से ज्यादा चाहते हैं। वो बाहर का काम सम्हालते हैं और सुभद्रा घर का। एक सुखी संपन्न परिवार की तरह उनकी ज़िंदगी गुज़र रही है, बस कमी है तो एक अदत जीवनसाथी की। भाइयों की भी उमर बढ़ती जा रही है, पर विवाह के लिए कोई अच्छा रिश्ता नही आया।

पंचायत अफ़सर उमंग सिंह कल ही आया है, रजौला ग्राम पंचायत में... ट्रांसफर होके और आज से ही गाँव वालों की समस्यायें निपटाना शुरू कर दिया! वो एक

खुबसूरत हंसमुख मिलनसार नवयुवक है। अपनी अफसरी का रोब बिल्कुल नही जमाता, इसीलिए कुछ ही दिनों में पूरे गाँव का चहेता बन गया। सब लोग उसे घर बुलाकर चाय पानी कराने लगे।

इसी दौरान उमंग की मुलाकात ठाकुर राम सिंह से हुई। उन्होंने भी उसे अपने घर आमंत्रित किया। शाम को ऑफिस का काम निपटाकर उमंग उनके घर गया। दोनों भाइयों ने उसका खूब स्वागत सत्कार किया। सामने की दालान में तख्त पर कालीन बिछाकर उसे सम्मान से बैठाया! मिठाई खिलाई, चाय पिलाया और उसके बाद घर की परंपरानुसार पान का बीडा लगाकर, सुभद्रा जैसे ही मेहमानखाने में दाख़िल हुई, देखते ही उमंग के होश उड़ गए, उसे ऐसा महसूस हुआ जैसे कोई परी सीधे आसमां से उतरकर जमीं पर आ गयी हो।

आहिस्ता-आहिस्ता उमंग, ठाकुर के घर का स्थायी मेहमान बन गया। शाम को जैसे ही दफ़्तर से खाली होता अपने घर न जाकर, राम सिंह के घर आ जाता। अब ये राम लखन से दोस्ती का तकाज़ा था या सुभद्रा के प्रति उसका आकर्षण, जो उसे खींचकर वहाँ ले आता....

कौन जाने..?

ऐसे ही एक शाम, बातचीत के दौरान उमंग बोल पड़ा...

राम भैया, आप का घर भाभी के बिना कुछ अधूरा सा लगता है। अब आपको व्याह कर लेना चाहिए। ज्यादा उमर होने पर गाँव में अच्छी लड़की नही मिलती।

अरे उमंग,

"हमै आपन फ़िकर नाही है। हम तो चाहत हैं कि लखन का घर पहिले बस जाय"

आप भी भैया, कइसन बात करत हो?

आपं बड़े हो, पहले भाभी माँ को लेकर आइये, तभी ये घर स्वर्ग बनेगा...लखन ने धीरे से कहा!

उमंग, बीच मे ही बोल पड़ा...

अरे भैया, आप चिंता न करें, हमने एक अच्छा रिश्ता देखा है, आप दोनों के लिए! बस आप लड़की देखकर बात पक्की कर देना। वो लोग जल्दी ही आपके घर आयेंगे वरीक्षा लेकर...

सुभद्रा उन तीनों की बातें अंदर से सुन रही थी, बाहर आकर बोली:-

कौन लोग हैं और किस गाँव के..?

पास के गाँव से हैं सुभद्रा, परिवार में बस दो बहने और उनकी माँ हैं, पिता बचपन में ही नही रहे। दोनों लड़कियां बेहद सुशील सुंदर और गुणवान हैं, साथ ही राजपूत बिरादरी से हैं। हाँ, थोड़ा पैसे से कमज़ोर हैं, आपको दहेज तो नहीं दे पाएंगे, पर उनका जमीन

जायजाद, खेत, बगीचा सब, शादी के बाद आप दोनों का ही है, इसलिए निश्चिंत रहिये।

दोनो भाईयों ने धीरे से मुस्कुरा कर उमंग की बात पर हामी भर दी।

उमंग खुश होकर बोल पड़ा: हां भैया, अब आप शादी की तैयारियां शुरू कर दीजिए, समझ लीजिए रिश्ता पक्का हो गया।

शादी की बात के बाद ठाकुर के घर में उमंग की और ज्यादा ख़ातिरदारी होने लगी। वो जब भी आता, सुभद्रा तुरंत चाय लेकर हाज़िर हो जाती! उन दोनों की नज़रें मिलती और आँखों ही आँखों में बातें होती, ऐसा लगता जैसे दोनों के हृदय में प्रेम का बीज अंकुरित हो रहा है।

सुभद्रा को उमंग का घर आना बेहद ख़ुशी देता। मन ही मन उसके आने की प्रतीक्षा करती। फिर एक दिन अचानक उसने दोपहर में आकर दरवाजा खटखटाया, सुभद्रा ने जैसे ही कुंडी खोली तो देखा सामने उमंग खड़ा है।

संकोच बस बोल पड़ी....

"अभी भैया लोग घर पर नहीं है, आप शाम को आइयेगा।"

कोई बात नही, आप तो हैं ना?

आपके हाथ की 'अदरक वाली चाय"...?

उसकी बात सुनकर सुभद्रा धीरे से मुस्कुरा दी और वो अंदर आकर बैठ गया।

ये दोनों आजकल अजीब स्थिति से गुजर रहे हैं... बस यूँ समझ लीजिए...

"आग दोनों तरफ बराबर है लगी हुई"

उमंग ने चाय ख़त्म की, थोड़ी देर चुपचाप बैठा रहा फ़िर पान का बीड़ा मुँह में दबाकर चला गया। जितनी देर साथ थे, उनके बीच खामोशी का पहरा रहा, बस आँखों ही आँखों में....

उमंग अक्सर दोपहर में चला आता, जब वो अकेली होती। इस बात की भनक गांव वालों तक पहुंची और दोनों के रिश्ते को लेकर आपस में सुगबुगाहट होने लगी, कि अकेली जवान लड़की घर में है और उमंग रोज दोपहर में ही ठाकुर के घर आता है?

...कुछ तो गड़बड़ है...

कहते हैं ना...

"अच्छी खबर फैलने में वक़्त लगता है, पर बुरी खबर जंगल में आग की तरह फैलती है।"

कुछ ऐसा ही उमंग और सुभद्रा के साथ हुआ। वो जब भी घर से बाहर जाती, सब उसे घूर-घूर कर देखते और धीरे-धीरे बातें करते। यहां तक कि उसकी

सहेलियां भी उमंग के नाम पर उसे छेड़ने लगी। गाँव की महिलाओं के तानों से तंग आकर सुभद्रा ने घर से निकलना ही बंद कर दिया।

एक दिन अचानक दोनों भाई खेत से लौट रहे थे, देखा प्रधान जी, चौपाल पर बैठे कुछ लोगों से बातें कर रहे हैं। सोचा, चलकर मिल लेते हैं। पहुँचते ही प्रधान जी बोले, सारे गाँव में आजकल तुम्हारी ही चर्चा हो रही है, तुम दिन भर खेती के काम में लगे रहते हो....

"अपने घर की कुछ फिकर है या नहीं?"

घर में जवान बहन को अकेला छोड़ रखा है, तुम्हारे न रहने पर वो क्या गुल खिला रही है, तुम्हें कुछ हवा भी है?

इतना सुनते ही दोनों का चेहरा क्रोध से लाल हो गया, राम ने हैरान होकर पूछा, बात क्या है प्रधान जी?

"पहेलियाँ न बुझाइये, खुलकर बताइये?"

तुम लोगों की गैरहाज़िरी में हर रोज़ उमंग तुम्हारे घर आता है, ठीक दोपहर में और घंटों बाद वापिस जाता है।

आखिर चल क्या रहा है, उन दोनों के बीच?

तुम्ही जानो?

प्रधान जी की बातों ने आग में घी डालने का काम किया। दोनों भाई गुस्से से तमतमाये हुये अपने घर

पहुंचे। उनके तेवर देख कर सुभद्रा समझ गयी कि जरूर भैया के कानों तक ये बात पहुंची है।

सुभद्रा जल्दी से उनका खाना परोस कर, डर के मारे अपने बचाव में बोल पड़ी! भैया, आप उमंग को मना कर दीजिये, वो आपके न रहने पर घर न आया करे, हमें बिल्कुल पसंद नही है।

बड़े भाई ने कोई जवाब नही दिया, छोटा बोल पड़ा, तुम चिंता मत करो, अब वो कभी नही आयेगा। इतना सुनते ही सुभद्रा और घबरा गई।

दोनों भाई खाना खाकर अपने घर के पुराने कोठार की तरफ जाने लगे, जहां पर पुराने हथियार रखे हैं। बड़े भाई ने गड़ासा उठाया और घिसकर उसकी धार तेज करने लगा।

सुभद्रा उन दोनों को कोठार की ओर जाते देखकर और घबरा गयी कि कुछ न कुछ बुरा होने वाला है, आज की रात। वो धीरे से उनके पीछे-पीछे जाती है, वहाँ जाकर देखती है कि राम भैया पत्थर पर घिसकर हथियार तेज़ कर रहे हैं और लखन भैया उनसे बोल रहे हैं कि एक ही वार में उस आशिक का काम तमाम कर देंगे। उसने हमारे घर की इज़्ज़त पर हाथ डाला है, उसे उसका परिणाम तो भुगतना ही होगा।

सुभद्रा का डर अब यकीन में बदल चुका था। वो दबें पाँव घर से निकलती है, जिससे उमंग को इस खतरे से

आग़ाह कर सके। पर गाँव के अंधेरे उबड़-खाबड़ रास्ते, उसे जल्दी-जल्दी चलने में बाधक बन रहे हैं। साथ ही उमंग की जान बचाने की जद्दोजहत से जूझता उसका मन, उसे निष्प्राण कर रहा है। वो चलते-चलते उमंग के घर के रास्ते से भटककर वन मार्ग में प्रवेश कर जाती है।

लखन की बात सुभद्रा के दिलो-दिमाग में बिजली की तरह बार-बार कौंध रही है! वो ख़ुद को निर्जीव महसूस करती है। कुछ कदम और चलने के बाद उसकी हिम्मत साथ छोड़ देती है और वो थककर ग्राम्य देवी के मंदिर के पास पीपल के पेड़ के नीचे बने चबूतरे पर बैठकर सुस्ताने लगती है।

उसे ऐसा लगता है, जैसे ज़िंदगी में सब कुछ रेत की तरह मुट्ठी से फिसलता जा रहा है। उसकी पूरी दुनिया ही खत्म हो रही है। विचारों की उथल पुथल में, उसे वक़्त का पता नही चला और पेड़ के नीचे बैठे आधी रात बीत गई।

वहां से उठकर वापस घर आ जाती है, पर उसके भाई घर में नहीं मिलते।

"कुछ अनहोनी होने वाली होती है, तो उसका आभास व्यक्ति को पहले ही हो जाता है।"

सुभद्रा घर पहुंच गई पर उसका हृदय बेहद बेचैन है, पूरी रात सो नही पाती! भोर में झपकी आती है, तभी

घर के बाहर से तेज-तेज आवाजें आनी शुरू हो जाती हैं! घबराहट में खिड़की के बाहर झांकती है, तो देखती है कि गाँव के लोग, उमंग के सरकारी आवास की तरफ़ बेतहासा भागे जा रहे हैं। निर्मम हत्या की खबर गाँव भर में आग की तरह फैल जाती है। उसने इतने कम समय में सब के दिलों में अपनी जगह बना ली थी। गांव के हर व्यक्ति की आंखें नम है और सब के बीच यही चर्चा है कि

"आखिर इतना जघन्य अपराध किया किसने...?"

इतने में ठाकुर राम सिंह भी अपने भाई के साथ उमंग के घर आये और पहुँचते ही लखन जोर-जोर से चिल्लाते हुए घड़ियाली आंसू बहाने लगा जिससे गाँव वालों को उन पर शक न हो!

"हे भगवान, किस पापी ने किया ये सब?"

उमंग बिल्कुल हमारे भाई जैसा था, इतना मिलनसार और व्यवहारी अफ़सर तो आज तक नही देखा। इतने कम समय में हमारे घर का सदस्य बन गया था। जब यह समाचार उसके माता-पिता सुनेंगे तो उन पर क्या बीतेगी..? वो दोनों गाँव वालों के सामने दुःखी होने का नाटक करते रहे।

इतने में पुलिस को खबर मिली और वो मौके वारदात पर पहुंच गयी। गांव वालों से पूछताछ करने पर यही पता चला कि उमंग की किसी से दुश्मनी नही थी।

सारा गाँव उससे प्रेम करता था। बस शक़ की सुई इन्ही दोनों पर जाकर रुकी। इन्हें गिरफ़्तार करके एक हफ़्ते के लिए जुडिशियल कस्टडी में भेज दिया गया। पुलिस ने चार्ज शीट दाखिल किया और सुनवाई शुरू हुई।

पुलिस ने सुभद्रा से भी हत्या के बारे में पूछ ताछ की। पर उसने किसी भी सवाल का कोई जवाब नही दिया। हर बात पर खामोश रही। घटना के दो दिन बीत चुके हैं।

पिछले दो दिन से सुभद्रा के दिल और दिमाग के बीच एक अज़ीब सी जद्दोजहद चल रही है। उसका दिमाग कह रहा है कि अपने भाइयों को बचा लो, झूठ बोलकर और दिल कह रहा है कि तुम सच बोलकर, प्यार के लिए कुर्बान होने वाले एक सच्चे प्रेमी को न्याय दिलाओ।

आख़िर में उसकी 'आत्मा की आवाज' ने विजय पा ली। और वो गवाही देने को तैयार हो गयी।

एक हफ़्ते बाद कोर्ट में पेशी हुई। पुलिस ने सुभद्रा को चश्मदीक गवाह के तौर पर पेश किया और उसने सब कुछ साफ़-साफ़ जज साहब को बता दिया। उसके बाद, जज साहब ने बारी-बारी से राम सिंह और लखन सिंह को कटघरे में खड़ा किया और पूछा...

क्या तुम अपना जुर्म कबूल करते हो?

उन दोनों ने बोला...

"जी हजूर, कबूल करते हैं!"

"हमें इसका कोई अफ़सोस भी नही है, हमने जो भी किया, अपने घर की इज़्ज़त बचाने के लिए किया। हमारी लड़कियां और औरतें खानदान की इज्जत होती है और हमारी इज़्ज़त पर कोई दुष्ट हाथ डाले, हम राजपूत, ये बिल्कुल भी बर्दाश्त नहीं कर सकते।"

दोनों भाइयों ने अपना गुनाह कबूल कर लिया और जज साहब ने उन दोनों को उमंग सिंह की हत्या का दोषी करार करते हुए उम्र कैद की सजा सुनाई। पुलिस राम सिंह और लखन सिंह को लेकर कोर्ट रूम से बाहर निकली, सुभद्रा भी उसी समय कोर्ट से बाहर आई और उन तीनों का सामना बेहद करीब से हुआ। पर किसी ने कुछ नही कहा, उनके बीच एक अज़ीब सी खामोशी पसरी हुई थी! बस ठिठक कर एक नज़र सुभद्रा की ओर देखा और आगे बढ़ गए।

आज भाई बहन के रिश्ते के ऊपर "सच्चे प्यार" की विजय हुई है।

वो सड़क के एक ओर चुपचाप खड़ी है! आँखों से आंसू बह रहे हैं! दोनों भाइयों को जाते हुए देख रही है। जब जेल की गाड़ी उन्हें लेकर आँखों से ओझल हो जाती है, तब वो कचहरी से वापस चल देती है, पर घर नहीं जाती।

अब घर किसके लिए? कौन है उसका वहाँ?

न तो अपनी जान से ज्यादा प्यार करने वाले भाई हैं और न ही उस पर मर मिटने वाला प्रियतम। अब तो ये गाँव-घर उसे काटने दौड़ रहा है। वो यहाँ से दूर बहुत दूर जाना चाहती है...

पर कहाँ..? ये उसे ख़ुद नही पता।

यूँ ही निर्जीव सी अपने शरीर को ढ़ोते हुए गांव से बाहर निर्जन वन के रास्ते पर चल पड़ती है। दोनों तरफ़ उंचे घने छायादार वृक्षों के बीच की पगडंडी में वो चलती जा रही है। कुछ दूर चलने के बाद सँध्या रानी की तरुणाई अपनी दस्तक देने लगी और आकाश की नीलिमा नीलावरण हो गई। सूर्य की किरणें वृक्षों की डालियों से नीचे उतर कर उनकी जड़ों को चूमती हुई, अंधेरे की गोद में चल पड़ी। वायु के लिए पुष्प सैया भी बिछ गई।

धीरे- धीरे अंधेरा घना होने लगा। वैसे भी वन क्षेत्र में वृक्षों के झुरमुट की वजह से अंधेरा घनीभूत हो जाता है। आज उसकी ज़िंदगी की काली रात है! सुभद्रा की साँसें बार-बार अवरुद्ध हो रही हैं। अपने प्रेमी के चिर वियोग से उसकी रूह घायल है। आत्मीय रुदन से निकली खारे पानी की बूंदे लगातार उसके कपोलों को भिगो रही हैं! अब और चलना उसके बस में नही रहा। वो निढाल होकर एक पत्थर पर बैठ जाती है और आसपास बिखरे कंकणों को चुनने लगती है। वहीं बैठे हुये गंगा की उठती गिरती, चट्टानों से टकराती लहरों को

देख रही थी और सोच रही थी, जिस तरह लहरें चट्टानों से टकरा कर खुद का अस्तित्व खो रही है। उसी तरह मेरा पवित्र प्रेम पुरानी रूढ़िवादी परम्पराओं से टकराकर चूर-चूर हो गया।

शायद मंदाकिनी गंगा का तलहटी क्षेत्र है। चट्टान पर बैठे-बैठे आधी रात बीत चुकी है,पर सुभद्रा को होश ही नही।

इतने में एक वयोबृद्ध महिला वहां पर आती है और इतनी रात को एक खूबसूरत नौजवान लड़की को इस निर्जन स्थल पर अकेले बैठे देख हैरान हो जाती है। और पास जाकर पूछती हैं...

तुम इतनी रात को यहां?

मेरा इस दुनिया में अब कोई भी नहीं...

न ही कोई घर है और न ही परिवार...

फ़िर...मैं कहां जाऊं?

तो क्या हुआ बेटा, "मैं हूं ना"

तुम मेरे साथ चलो, मेरी कुटिया में रहना। और रूखा-सूखा जो मैं खाऊँगी वो तुम्हें भी खिलाऊँगी। चिंता मत करो, ईश्वर पर भरोसा रखो! वक्त के साथ सब ठीक हो जायेगा।

सुभद्रा हिम्मत करके ख़ुद को संहालते हुए उठी और माता जी के साथ चल दी। वहां पहुंच कर देखती

है कि घास-फूंस की छोटी सी कुटिया है, जिसमें वो अकेले रहती हैं। कुटिया के अंदर एक तरफ़ छोटी सी खटिया और दूसरी तरफ़ कोने में थोड़े से बर्तन और मिट्टी का चूल्हा। बस यही गृहस्थी है उनकी। सुभद्रा सोचने लगी, उसका गुज़र बसर कैसे होगा यहाँ? माता जी भाप गई उसकी परेशानी और बोली....

भजनाश्रम में भजन -पूजन करके अनाज और धोती मिल जाती है और कुछ नगदी रुपयों की सहायता पन्ना महाराज कर देते हैं, उसी से गुजारा हो जाता है।

माता जी का रोज़ सवेरे उठकर स्नान-ध्यान पूजा-पाठ करके, रूखा-सूखा भोजन बनाना और सुभद्रा के साथ खाना, उसको आत्मीयता से समझाना, बस यही उन दोनों की दिनचर्या बन गयी है।

वो हर रोज़ भगवत गीता का पाठ करती और सुभद्रा उनके पास बैठकर सुनती रहती! एक दिन सुभद्रा बोली, माता जी, हमें रामायण सुनाइये। रामायण पढ़ते समय सीता वनवास का प्रसंग आता है, जब प्रभु श्री राम धोबी के कुछ कहने पर सीता का परित्याग कर देते हैं और उनके छोटे भाई लक्ष्मण उन्हें जंगल में महर्षि बाल्मीकि के आश्रम में छोड़ आते हैं, जबकि माता सीता उस समय गर्भवती होती है।

इस प्रसंग का सुभद्रा पर बहुत ज्यादा असर हुआ। वो बार-बार यही सोचती, कि प्रभु राम ने अपनी अर्धांगनी के साथ ऐसा क्यों किया?

क्या वो भी? क्रोध के वशीभूत हो गए थे?

कथा सुनने के बाद, रात को सोने जाती है, तभी ख़्वाब में सीता जी दिखाई पड़ती हैं। उन्होंने सफेद साड़ी पहनी है, खुले लंबे बाल पीठ पर लहरा रहे हैं। गले में सुर्ख़ गुलाब के फूलों की माला, कान में कर्ण फूल शोभायमान है और वो जंगल में पैदल चली जा रही हैं। सुभद्रा दौड़कर उनकी साड़ी का पल्लू पकड़ लेती है और कहती है कि...

"हे माता, मुझे भी अपने साथ ले चलिए। मैं आपके लिए फूलों की सेज सजाऊंगी, चरण दबाऊंगी, जब बच्चा इस धरा पर आएगा, तब मैं उसकी देख भाल करूँगी।"

सुभद्रा, मैं उस इंसान को अपने साथ कैसे ले जा सकती हूँ?

जिस पर कोई कलंक लगा हो?

पहले तुम राम नाम का जप करके इस अपयश से मुक्त हो जाओ, तब मेरे पास आना। मैं तुम्हारी प्रतीक्षा करूँगी, देवलोक में....

इतना सुनते ही सुभद्रा की आँखें खुल जाती हैं और वो सीता जी की आज्ञा मानकर पौ फटने से पहले ही कुटिया से निकल पड़ती है। चारों तरफ़ अंधेरा पसरा हुआ है। आसमान में तारों की बारात सजी है। चाँद भी अपनी चांदनी को समेट कर दिवाकर की प्रतीक्षा में है। चारो ओर सिर्फ़ खामोशी है और सुभद्रा

मंदाकिनी तट के किनारे- किनारे कंकण पत्थरों की परवाह किये वगैर अपनी मंजिल की ओर बढ़ती जा रही है।

चित्रकूट के निकट पहुँचते ही वहाँ का अलौकिक दृश्य देखकर भाव विभोर हो जाती है। विंध्य पर्वत की खूबसूरत पर्वत श्रृंखलाएं, कल-कल करती सुरसरि मंदाकिनी, कामदगिरि पर्वत से झर झर बहते झरने, हरित कानन में फलों से लदे वृक्ष, पुष्पगुच्छ से आच्छादित लताएँ, सुरभित समीरण और नीला अनंत आकाश, ये सब देख कर सुभद्रा रोमांचित हो जाती है। वो मंत्रमुग्ध होकर इस शांत मनोरम दृश्य को देखते हुए पहाड़ के ऊपर पहुंचती है! वहां उसे एक गुफा नजर आती है! जिसके अंदर जाते ही उसे आत्मिक शांति का अनुभव होता है और वो निश्चय करती है कि यही रहकर, साधु-संतों की तरह तपस्या करेगी और तप की अग्नि और मंदाकिनी गंगा के निर्मल जल से अपने कलंक को धो डालेगी।

जो कुछ रूखा सूखा मिल जाए उसे खाकर, मंदाकिनी का जल पीकर तृप्त हो जाना और फिर शाम को ढलते हुए सूरज को निशा के गहन अंधकार में बिलुप्त होते हुए देखना, उसकी दिनचर्या का हिस्सा बन गया। सीताराम जपते हुए उसे ऐसा महसूस होता, जैसे सारी परेशानियां किसी अदृश्य शक्ति ने हर लिया है और वो सारे दुःख दर्द भूल कर, आनंद लोक

में विहार कर रही है। और इस स्थिति को प्राप्त होना ही उस के "मानव जीवन का लक्ष्य" है।

ऐसा करते-करते, चौदह वर्ष कब बीत गए उसे पता ही नही चला और भाइयों के जेल से छूटने का वक्त हो गया। सुभद्रा उन दोनों से मिलने सेंट्रल जेल पहुंची। दोनों भाई, करीब पांच बजे शाम को जेल से बाहर निकल जैसे ही अपनी बहन को देखते हैं, उनकी आँखे नम हो जाती हैं। वो दोनों सुभद्रा को गले लगाकर जी भर के रोते हैं। कोई किसी से कुछ नही कहता। बस उन तीनों की आँखें आपस में मौन संवाद करती हैं।

संध्या का समय है। सूरज देवता अपने घर की ओर प्रस्थान कर रहे हैं और रातरानी का आगमन हो रहा है! घर पहुँचते-पहुँचते अँधेरा न हो जाये, ये सोचकर दोनों भाई सुभद्रा को वही रुकने के लिए बोलते हैं और गाँव के लिए सवारी ढूढ़ने निकल पड़ते हैं! जब टेंपो लेकर वापस आते हैं तो सुभद्रा वहाँ नहीं होती। बदहवास से उसे चारों तरफ़ खोजने लगते हैं। मंदाकिनी तट पर, कामद गिरि पर्वत पर, उसकी कुटिया में...पर सुभद्रा कहीं नही मिली! और धीरे-धीरे रात का गहन अंधकार हर तरफ छाने लगा।

पता नहीं, वो कहाँ गुम हो गई?

मंदाकिनी के "पवित्र जल" ने उसे ख़ुद में समाहित कर लिया?

या साँझ की "नीरवता" ने अपनी गोद में सुला लिया?

सोल कनेक्शन

ठीक साढ़े नौ बजे यूनिवर्सिटी के लिए निकल ही रहे थे, कि माइंड में एकदम से क्लिक किया। अरे भूल ही गए, आज तो बेहद ख़ुशी का दिन है! हमारे अभिन्न मित्र प्रो. सूरज हिन्दी के हेड बनने जा रहे हैं।

गाड़ी सिविल लाइन्स की तरफ मोड़ दी और गिफ्ट शॉप से सुर्ख़ गुलाब के फूलों का एक गुलदस्ता लिया। और सबसे पहले उन्हें बधाई देने पहुंच गए। उनके प्रमोशन से पूरा विभाग खुश है। वो सुप्रसिद्ध भाषाविद होने के साथ-साथ बेहद नेक दिल इंसान भी हैं।

हेड के चैम्बर में दाखिल होते ही सबसे पहले निगाह सर के चेहरे पर पडी। उनका चेहरा उतरा हुआ था! मुस्कराते हुए उनका अभिवादन किया पर उनके होठों पर वो चिर परिचित मुस्कान नजर नहीं आई। न जाने किन विचारों में खोये हुए थे।

गुलदस्ता उनकी ओर बढ़ाते हुए मैंने कहा...

हेडशिप की बधाई हो, सर

धन्यवाद तारा जी...

बुझी सी आवाज़ में वो बोले।

मुझसे नही रहा गया और मैंने धीरे से पूछ ही लिया...

क्या बात है सर?

आज तो इतनी खुशी का दिन है और आप यूँ उदास बैठे हैं?

ऐसी कोई बात नही है, तारा जी

उन्होंने बात टालने की कोशिश की। साथ ही मिठाई का डिब्बा मेरे सामने बढ़ा दिया।

पर मैं भी कहाँ मानने वाली थी। दुबारा पूछने पर वो ख़ुद को रोक नही सके और बोल पड़े।

आपको तो पता है तारा जी कि,

"शक का एक बीज़ किस तरह संबंधों को तबाह कर देता है"

पूरे जीवन में अर्जित यश-प्रतिष्ठा मान-सम्मान को, मिनटो में ख़ाक में मिला देता है। और वो भी अगर 'अपने ही' आपको कटघरे में खड़ा कर दें, तो?

ऐसा क्या हो गया है?

जो आप इतने दुखी हो रहे हैं?

आप हमारी शुभचिंतक हैं, आपसे कैसा पर्दा?

लीजिये सुनिये...

मैं मानता हूँ, कि मेरे और सुहानी के बीच आत्मीय सम्बंध थे। पर वो एक दायरे में सीमित थे। हमने उस

दायरे को कभी नहीं लांघा। जो एक गुरु-शिष्य के रिश्ते की मर्यादा का हनन करता।

पूरी बात समझने के लिए हमें करीब दस साल पीछे चलना होगा। उस समय मैं विभाग में एसोसिएट प्रोफेसर के पद पर कार्य कर रहा था। तभी सुहानी ने एम फिल में एडमिशन लिया। उसके फादर इंकम टैक्स ऑफिसर थे और ट्रांसफर होकर मध्य प्रदेश के इस छोटे शहर आ गए थे। वो दिल्ली में पली बढ़ी और जे एन यू के खुले वातावरण में शिक्षा ग्रहण की थी।

हम सब जानते हैं, कि

"स्टूडेंट्स के रहन- सहन, बातचीत और वेश-भूषा में उनके व्यक्तिगत एवं सामाजिक परिवेश का प्रभाव जरूर पड़ता है।"

सुहानी के व्यक्तित्व पर भी 'जेएनयू' का असर बखूबी दिखता था। वो कॉलेज अक्सर जींस और शर्ट पहन कर आती। फर्राटेदार अंग्रेजी बोलती। क्लास के लड़के-लडकियाँ उससे ज्यादा मिक्स अप नहीं होते थे। शायद उसके आगे खुद को छोटा महसूस करते थे।

जब मैं पहली बार उनकी क्लास में गया। तो देखा वो सब से अलग पीछे की चेयर पर बैठी है। उसने ब्लू जींस और व्हाइट लूज शर्ट पहनी हुई थी। उसके व्यक्तित्व की सौम्यता, सादगी और मासूमियत से प्रभावित हुये बिना, मैं भी नहीं रह सका। अपने नाम के अनुरूप

सुन्दर तो वो थी ही। खैर मैंने उसकी ओर से ध्यान हटा कर पढ़ाना शुरू किया। बीच-बीच में कुछ सवाल भी पूछे। सुहानी ने सबसे पहले जवाब दिया। मुझे लगा वो केवल देखने में ही सुन्दर नही है, इंटेलीजेंट भी है। जब भी कालेज में कोई शैक्षिक या साहित्यिक गतिविधियाँ होती, वो उनमें बढ़चढ़कर हिस्सा लेती।

मैं हिन्दी लेखन में काफ़ी पहले से संलग्न था और 'साहित्य सृजन' के नाम से एक साहित्यिक ग्रुप भी चलाता था। सुहानी इस ग्रुप की ऐक्टिव मेंबर बन गई। वो कविताएँ और कहानियाँ भी लिखती थी।

उसके इंटेलिजेंस का कायल मैं भी था। अक्सर हम दोनों के बीच साहित्यिक चर्चा होती। हम जो भी नया लिखते, सबसे पहले एक दूसरे को ही सुनाते। उसके साथ डिस्कस करके मुझे भी आनंद मिलता और एक प्रकार का बौद्धिक विकास भी होता।

उसने एम फिल कम्प्लीट कर के मेरे साथ पीएचडी ज्वाइन कर लिया।

"एक दिन अचानक वो सफेद सूट पहन कर कॉलेज आई। साथ में चुनरी प्रिंट का लाल दुपट्टा...जो उसके खूबसूरत चेहरे पर चार चांद लगा रहा था। मैं उस वक़्त लाइब्रेरी में था। वो कमरे में मुझे न पाकर लाइब्रेरी आ गई और मेरे सामने खड़ी हो गई। मैंने एक निगाह उस पर डाली और फिर सामने रखी किताब को पलटने लगा। अपनी आदत के मुताबिक मैंने उसकी तारीफ में

कुछ नहीं कहा। वो इसी उम्मीद से आई थी। पर मेरी और से कोई रिएक्शन न मिलने पर वो निराश होकर वहां से चली गई।"

मुझे खयाल आया, कि एक साहित्यिक कार्यक्रम के दौरान मैंने ही यह बात कही थी। कि मुझे लड़कियाँ 'हिंदुस्तानी लिबास' में ही अच्छी लगती हैं।

शायद इसीलिए?

मैं मन ही मन खुश हो रहा था कि उसने मेरी बात का मान रखा। हृदय में उसके प्रति अथाह प्रेम उमड आया।

यूँ ही वक़्त बीतता गया और हम दोनों के बीच एक पवित्र आत्मीय रिश्ता कायम हो गया। जिसकी नींव निश्छल प्रेम और सम्मान पर टिकी हुई थी। यहां तक कि हमारी आत्मीयता का असर लेखन में भी दिखने लगा। मेरी कविताओं का भाषा शिल्प पहले बेहद नीरस और दुख भरी दास्तानों से भरा रहता। अब वो प्रेम में पगी हुई और आत्मीय रिश्तों की गर्माहट से तरबतर रहती।

देखते-देखते तीन साल गुज़र गए और हमें पता ही नहीं चला। उसका रिसर्च वर्क करीब-करीब पूरा हो गया था। उसने मुझे अपने चैप्टर्स एक-एक करके दिखाना शुरू कर दिया। एक दिन चेक करते समय मेरी नजर चैप्टर के बीच में रखे एक पेज पर पडी। जिसमें एक बेहद रोमांटिक कविता लिखी हुई थी। उसको पढ़ कर मैंने सोचा शायद गलती से इसमें रह गई होगी। और यह उसने अपने बॉय फ्रेंड के लिए लिखी होगी।

जब वह मुझसे चैप्टर वापस लेने आई। तब मैंने हसते हुये पूछा....

कौन है वो?

मिलवाओगी नही?

उसका चेहरा शर्म से लाल हो गया। और नज़रे झुक गईं। उसने कोई जवाब नहीं दिया। कुछ पल के लिए वहां ख़ामोशी पसर गई।

फिर एक दिन, मुझसे मिलने आई। थोड़ी परेशान लग रही थी।

मैंने पूछा, क्या हुआ?

बोली, पापा मेरी शादी ढूंढ रहे हैं।

मैंने कहा, ये तो खुशी की बात है। तुम्हारी पीएचडी भी पूरी होने वाली है। हर माँ बाप यही चाहते हैं, कि उनकी बेटी की पढ़ाई पूरी हो जाए, तो अच्छा घर-वर देख कर उसके हाथ पीले कर दे।

सुना, उसकी शादी किसी इंजीनियर के साथ तय हो गई है। कुछ समय बाद वो मुझसे मिलने घर आई। और स्टडी रूम की विंडो के पास चेयर खिसकाकर बैठ गई! फिर लटक रहे पर्दे को उंगलियों में फंसा कर घुमाने लगी। बिना कुछ बोले लगातार बाहर देखती जा रही थी।

ख़ामोशी तोड़ते हुए मैंने पूछा...

सगाई हो गई?

वो चेयर से उठी और अपना हाथ मेरे सामने कर दिया। उसकी रिंग फिंगर में हीरे की अंगूठी दमक रही थी। मैंने उसके सर पर हाथ रख आशिर्वाद देना चाहा। पर वो मुझसे लिपट कर रोने लगी। उसका दिल बहुत तेज़ धड़क रहा था। जल्दी से उसे ख़ुद से अलग किया और किचेन में जाकर वाइफ से कहा...

"दो कप चाय बना दीजिए"

वापिस लौटा तो देखा, वो बेहद शांत गंभीर मुद्रा में सामने बैठी है। मैं चुपचाप अपनी टेबल पर रखे, उसके दूसरे चैप्टर को चेक करने लगा।

वो मेरी तरफ मुखातिब होकर बोली, सर...

मैंने तो हर चैप्टर के अंदर अपनी एक पोएट्री रखी थी।

"आपने क्या किया उनका?"

मैंने कहा, बहुत अच्छी पोएट्री है। कमाल का लिखा है तुमने। उसे पढ़कर मेरा हृदय प्रेम से सराबोर हो गया।

जब भी तुम्हें मिस करता हूँ। तुम्हारी कविता पढ़ कर सुकून मिलता है। और फ़िर से डूब जाता हूं 'प्रेम के अथाह सागर' में...

सुहानी ने धीरे से कहा...

"आप अकेले ही डूबना चाहते हैं उस समुंदर में?"

"मुझे शामिल नहीं करना चाहते?"

मैंने सोचा आपने मुझे रिजेक्ट कर दिया है। इतना कहकर उसने सजल नेत्रों से मेरी ओर देखा। और वहां से जाने लगी।

मैंने उसे समझाते हुए कहा..

देखो सुहानी, "ये सच है कि मैं तुमसे बेहद प्यार करता हूं और तुमसे आत्मीय जुड़ाव महसूस करता हूँ। तुम मेरी सबसे प्रिय स्टूडेंट हो।"

"पर दूसरा सच ये भी है, कि मैं तुमसे उम्र में करीब पंद्रह साल बड़ा और शादीशुदा हूँ"

जो तुम चाहती हो वह कैसे संभव है?

"उसके लिए, या तो तुम कुछ साल पहले पैदा हो जाती या तो मैं कुछ साल बाद पैदा हुआ होता"

तभी सम्भव था..."हमारा पुनर्मिलन"..

वो हस पडी और बोली..

अच्छा आप मेरा पीएचडी वायवा तो डिले करा सकते हैं ना?

मैंने कहा, क्यों?

मैं अभी एक साल तक शादी नहीं करना चाहती। आप वायवा नहीं कराएंगे, तो शादी नही होगी। पिता जी शादी, पीएचडी पूरी होने के बाद ही करेंगे।

पर उसकी थीसिस समय पर जमा हो गई और वायवा भी जल्दी हो गया। शादी करके पति के साथ टोरंटो चली गई। वो माइक्रोसॉफ्ट में इंजीनियर है।

हां, मुझसे मिलने आई थी...

"जाते समय कहा उसने, कि प्रेम का जो बीज़ आपने मेरे हृदय में बोया है। मैं उसे मुरझाने नही दूंगी। वो कालांतर में फूल बन के खिलेगा!"

"पहली बार, मेरी आखों में आंखें डालकर कहे ये शब्द और उसकी आंखें बरस पडी। हम दोनों निःशब्द थे। सजल नेत्रों से मैंने उसे विदा किया।"

टोरंटो जाकर भी वो मेरे संपर्क में रही। हमारे बीच पत्र व्यवहार चलता रहा। उसके पत्रों में ज्यादातर उसके परिवार का ज़िक्र होता। मैं कुछ लंबे पत्र लिखता था, पर उसके पत्र छोटे होते गए। अब इंटरनेट के जरिए कुछ लाइनों में बातें होती हैं। अपने घर की देखभाल और दो बच्चों की परवरिश में व्यस्त रहती है। पर विदेश में रहते हुए भी हिंदी के प्रचार प्रसार में लगी हुई है। साहित्यिक संस्था चलाती है और एक अमेरिकन कॉलेज में हिंदी भी पढाती है। मैं बेहद खुश हूं, उसकी उपलब्धियों को लेकर।

कुछ दिन पहले उसका मेल आया। उसने लिखा कि हमारी संस्था नवोदित लेखकों को प्रोत्साहित करने के लिए एक अवार्ड शुरू करने जा रही है। मैं चाहती हूं

कि आप उसके निर्णायक मंडल में शामिल हो। जिससे योग्यता के आधार पर निष्पक्ष और सही निर्णय लिया जा सके। मुझे उम्मीद है कि आप मेरी मदद जरूर करेंगे।

उसके मेल को पढ़कर मुझे बेहद खुशी हुई। ऐसा लगा जैसे एक दशक बाद ईश्वर ने हमारी प्रार्थना सुन ली। कम से कम उससे मिल पाऊँगा और करीब से जी भर के देख सकूँगा। उसकी खुशियाँ, उससे दूर रहकर भी मुझे उतना ही आनंदित करती हैं, जितना मेरे पास होती, तब करतीं।

तारा जी आप नही जानती...

"वो मेरे दिल की दुआ है।"

मैं कल बेहद खुश था। शाम को कॉलेज से घर गया और फ़्रेश होकर बालकनी में रखी आराम कुर्सी पर बैठकर चाय की प्रतीक्षा करने लगा। ये मेरा फेवरिट रिलैक्सिंग प्लेस है। जहाँ प्रकृति के साथ एकाकार होकर, दिन भर की सारी थकान से मुक्त हो जाता हूँ।

श्रीमती जी चाय का प्याला रखकर चली गईं। और मैं चाय के घूट के साथ सुहानी की यादों में गुम हो गया।

तभी अचानक उनकी तीखी आवाज़ कानों में पड़ी। और मैं चौंक कर पीछे मुड़ा ही था कि उन्होंने वो काग़ज़ सामने टेबल पर पटक दिया।

"गुस्से में इंसान अक्सर अपना आपा खो देता है"

कुछ ऐसे ही तीखे लहजे में मुझसे मुखातिब हुई...

सुनो जी?

ये सब कबसे चल रहा है?

"अपनी स्टूडेंट के साथ इश्क़ लड़ाते शर्म नही आई आपको?"

"मुझे, काटो तो खून नही।"

ये वही रोमांटिक पोएट्री है, जो सुहानी ने थीसिस के अंदर छुपा कर मुझे दी थी। मैंने बहुत सम्हाल कर रखा था अपनी आलमारी में, वो भी पर्सनल फाइल में... जिसे खोलने की इजाजत घर में किसी को भी नहीं है।

पर ये पन्ना?

पता नहीं कैसे? इनके हाथ लग गया।

"मैं ख़ुद भी हैरान था"...

क्रोध से बेकाबू, व्यंग्य बाण छोड़ती जा रही थी!

उनके तीर सीधे मेरे दिल को बेध रहे थे!

रिसर्च के बहाने आप मेरी आखों में धूल झोंकते रहे। और मैं बेवकूफ़ घर गृहस्थी, पति, बच्चों में ही ख़ुद को खपाती रही। आप पढ़ाने के बहाने गुलछर्रे उड़ाते रहे।

मैंने ख़ुद को सम्हालते हुये...

देखो कुसुम, तुम मुझे गलत समझ रही हो। ऐसी कोई बात नहीं है।

पहले भी बहुत सारी ल़डकियों ने मेरे साथ पीएचडी किया है।

तब तो तुमने शक नहीं किया?

हाँ, सुहानी मेरी सबसे प्रिय शिष्या है। उसके साथ मेरे आत्मीय संबंध हैं। लेकिन उसमें गलत कुछ भी नहीं है। तुम मुझे समझने की कोशिश तो करो।

उन्होंने मेरी एक नही सुनी और बोली...

मैंने कविता- विभोर और आनंद- अपर्णा को फोन कर दिया है। अब "गलत-सही" का फैसला बच्चों के सामने ही होगा।

मैं कम पढ़ी-लिखी हूं ना?

इसीलिए आपने ऐसा किया। बोलकर रोने लगी और अपने कमरे में चली गई।

पर श्रीमती जी के अंतिम वाक्य ने मुझे अंदर तक झकझोर दिया। मैंने ज़िंदगी में कभी भी उन्हें इस नजरिये से नही देखा।

मेरा दुर्भाग्य देखिए?

"मेरे अपनों ने ही, आज मुझे कटघरे में खड़ा कर दिया है"

तारा जी...

आज हेड की चेयर पर बैठ यही प्रश्न मुझे व्याकुल कर रहा है...

क्या मैं इस कुर्सी के काबिल हूँ?

जिस कुर्सी की शोभा, मूर्धन्य विद्वानों, हिन्दी सेवी मनीषियों और साहित्य साधकों ने बढ़ाई है। हिंदी विभाग का नाम सिर्फ भारत में नहीं पूरे विश्व में रौशन किया है।

उस पर मैं?

सामने टेबल पर अवार्ड समारोह का इनविटेशन कार्ड रखा है। यूएस का वीजा भी हो गया है।

पता नहीं, मैं जाऊंगा या नहीं?

हां, इतना जरूर है, कि उसकी साहित्यिक गतिविधि में हमेशा साथ दूँगा। और संस्था की उत्तरोत्तर प्रगति हेतु, निर्णायक मंडल सदस्य के रूप में, अपना योगदान देता रहूँगा।

रही बात हमारे "सोल कनेक्शन" की?

वो एक "शाश्वत सत्य" है और हमेशा रहेगा।

तुम मेरे देवदूत

मोबाइल स्क्रीन पर व्हाट्स एप नोटिफिकेशन फ्लैश हुआ। शायद किसी का मैसेज है।

जहाँ तक हमारे दोस्तों की बात है..."गुड मॉर्निंग" मैसेज हमेशा लिखकर ही भेजते हैं! कोई तस्वीर फॉरवर्ड नही करते।

अभी तो सुबह का वक्त भी नहीं है। दोपहर के 1:00 बज रहे हैं।

व्हाट्स एप चेक किया तो एक तस्वीर दिखी। पर भेजने वाले का मकसद समझ नहीं आया। तस्वीर शादी की थी जिसमें दूल्हा-दुल्हन के बीच वो ऐसे खड़ी थी...

जैसे "दो लव बर्ड्स के बीच कोई तीसरा"...

मन में तरह- तरह के विचार उठने लगे।

आख़िर..ये दोनों हैं कौन?

और ये तस्वीर? हमें क्यों भेजी?

साथ में कुछ लिखा भी नहीं। इसी उधेड़बुन में उलझे हुए, उसके बारे में सोचने लगे। और हमारी पहली मुलाकात की यादें ताजा हो गई।

फेसबुक की आभासी दुनिया में हम 3 साल पहले ही मिल चुके थे। आज भी याद है वो दिन, जब उसने फ्रेंड रिक्वेस्ट भेजी थी। और अपने उसूलों के मुताबिक हमने उसकी प्रोफाइल चेक की। बायो में शिक्षक एवं लेखिका देख कर एक्सेप्ट कर लिया। पर हमारी बात नहीं हुई कभी। फिर एक दिन अचानक मोबाइल बज उठा। देखा कोई 'अननोन' नंबर है। इसलिये उठाया नही, दुबारा फिर घंटी बजी। सोचा, उठाकर देखते है?

हेलो, आप कौन?

उधर से स्वीट सी आवाज़ आई!

दीदी पहचाना आपने?

हम वैशाली बोल रहे हैं

कैसी हैं आप?

जी, बिल्कुल ठीक और आप?

मैं भी ठीक हूं! एक खुशखबरी है आपके लिए।

जी, फ़रमाइये?

हम इलाहाबाद आ रहे हैं। हमारी नियुक्ति ओपन यूनिवर्सिटी में, असिस्टेंट प्रोफेसर के पद पर हो गयी है।

अरे वाह...इससे ज्यादा खुशी की बात और क्या हो सकती है।

स्वागत है आपका

जी दीदी, प्रणाम

मिलते हैं जल्दी

"उसके आने की खबर ने हृदय को प्रफुल्लित कर दिया। सोचने लगे कि 'आभासी दुनिया से परे वास्तविक दुनिया' में मुलाकात होगी हमारी और ठीक से जान पाएंगे, एक-दूसरे को। क्योंकि आभासी संसार एक तरह का भुलावा जैसा है। यहाँ ज्यादातर रिश्ते दिखावटी होते है। किसी व्यक्ति को जानने का मौका तो मिलता है, पर वह कितना वास्तविक है? समझना थोड़ा मुश्किल होता है।"

ठीक हफ्ते भर बाद उसकी ज्वाइनिंग थी। वो सामान सहित इलाहाबाद आ गई। उसके सहकर्मी ने पहले ही, किराये का कमरा खोज दिया था।

फ़िर एक दिन अचानक डोर बेल बजी। देखा सामने कोई महिला खड़ी है। हमारी विस्मयजन्य खुशी का ठिकाना नहीं रहा। अंदर आते ही वो हमसे ऐसे लिपट गई जैसे मुद्दत से बिछुड़े हुए, दो दोस्त आपस में मिल रहे हों। उस खूबसूरत लम्हे को बयां नही कर सकते, बस आप उसे महसूस कर सकते हैं।

"ज़रा इमेजिन करिये, कोई अचानक अपनी तस्वीर से बाहर निकल कर सामने खड़ा हो जाए?"

सच में, वैशाली से मिलकर दिल ख़ुश हो गया। ऐसा लगा जैसे वर्षों से जानते हैं। कुछ घंटे यूँ ही

पलक झपकते बीत गए। चाय की चुस्कियों के साथ ढेर सारी बातें हुईं। बातचीत में मालूम हुआ कि उसका कमरा हमारी कॉलोनी के थोड़ा आगे ही है। अच्छा लगा जानकर..

मुलाकातों का सिलसिला यूं ही चलता रहा और हमारी आभासी मित्रता यथार्थ में बदल गई। वो अक्सर संडे को घर आ जाती और पूरे हफ्ते का लेखा-जोखा हमसे शेयर करती। अब तक की जीवन यात्रा में शामिल किरदारों और उनसे जुड़े अच्छे-बुरे अनुभवों को वो परत दर परत उधेड़ती रही। उसकी कहानी सुनकर अक्सर हृदय द्रवित हो जाता। हम उसे समझाने की कोशिश करते, वो तुम्हारा पास्ट है! अच्छा-बुरा जैसा भी था, बीत चुका है। अब कभी वापिस नहीं आयेगा। उसे एक बुरे ख़्वाब की तरह भूलकर, 'आज' को जीना शुरू करो, यही 'ज़िंदगी' है।

पिछले संडे जब वो घर आई तो उसके होंठों पर प्यारी सी मुस्कान खिली हुई थी।

मैंने हंसकर पूछा,

क्या बात है?

आज तो तुम बहुत खुश नजर आ रही हो?

जी दीदी, बात ही कुछ ऐसी है

एक सीक्रेट है, जो आपसे शेयर करना चाहते हैं।

अच्छा, बताओ तो सही?

दीदी, मेरा एक बेस्ट फ्रेंड है...बोलते वक़्त उसके चेहरे पर लालिमा छाई हुई थी।

अच्छा, कौन?

बस आपकी तरह, हम दोनों भी सोशल मीडिया पर मिले थे। वह नॉर्थ ईस्ट हिल यूनिवर्सिटी में असिस्टेंट प्रोफेसर है और लेखक भी है। एक साहित्यिक पत्रिका भी निकालते हैं। जिसके संपादन का कार्य हम दोनों देखते हैं।

वो इतनी ज्यादा खुश थी कि धारा प्रवाह बोलती जा रही थी।

सच बताऊं दी, मेरी रिसर्च कभी पूरी न होती अगर वैभव न होता!

"आप मेरी मुश्किल अच्छी तरह समझ सकती हैं! आज के सुपरवाइजर वुमन रिसर्च स्कॉलर का शोषण करने में कोई कोर कसर नहीं छोड़ते।" मुझे भी प्रो. पांडे बहुत परेशान कर रहे थे। लंबी कहानी है, फिर कभी बताऊंगी आपको!

हाँ, मुझे डॉक्टर बनाने और डिप्रेशन से बाहर लाने में, वैभव के लव केयर और मोटिवेशन का बहुत बड़ा हाथ है।

क्या बात है, वैशाली...तुम्हें इस आभासी दुनिया का शुक्रगुजार होना चाहिए कि राह चलते-चलते एक सच्चा साथी मिल गया है।

हां दी, सच कहा आपने! बस कुछ ही दिनों में हम दोनों शादी कर रहे हैं।

उनकी शादी में बस एक ही अड़चन थी, वैशाली का अपने पहले पति के साथ चल रहा ड़ायवर्स का मुक़दमा, जो बरेली की कोर्ट में पेंडिंग है!

पता नहीं ऐसी क्या मज़बूरी थी, कि उसके सुशिक्षित पिता ने करीब तेरह वर्ष पहले, अपनी लाडली का विवाह, तीन बच्चों के पिता, एक विडोवर के साथ कर दिया। शायद उनकी घरेलू परिस्थितियां और दहेज़ रूपी दानव की विभीषिका, इस फैसले की अहम वज़ह रही। अब वैशाली के पास बुज़ुर्ग पिता के निर्णय का सम्मान करने के अलावा कोई विकल्प नहीं था।

"उस एक पल में वैशाली के सारे ख़्वाब टूट कर बिखर गए"

शादी के बाद, विदा होकर ससुराल आ गई और तीनों बच्चों की परवरिश में खुद को झोंक दिया।

अब उसका एक ही मकसद था, कि मैं बच्चों को इतना प्यार दूँ, उन्हें अपनी माँ की कमी महसूस न हो। कोई यह न कह सके कि सगी नहीं, सौतेली मां है। इतना सब करने के बावजूद वह अपने पति 'अमन' को खुश करने में नाकाम रही। पता नहीं क्यों वो वैशाली से हमेशा कटा-कटा रहता था। वो उसके प्यार के लिए तरसती रही। जैसे जैसे बच्चे बड़े होते गए, वो भी उससे

दूर होते गए। अब उन्हें वैशाली में सौतेली मां नजर आने लगी थी। जब भी वैशाली ने दुःखी मन से अमन से कुछ कहने की कोशिश की, उसने उसे और जलील किया।

सुनो....

जबरदस्ती मां बनने का ढोंग मत किया करो। मैं तो एक "केयर टेकर" लाया हूँ व्याह के, बच्चों की देखभाल के लिए....

अमन की यह बात उसके दिल में तीर की तरह चुभ गई। और वो खुद को तिरस्कृत महसूस करने लगी। रोज-रोज की खटपट से घर का माहौल वैसे भी बिगड़ चुका था। अंततोगत्वा वो डिप्रेशन की शिकार हो गई।

तभी अचानक उसके दिल को एक जोर का झटका लगा। जिसने उसके वज़ूद को हिला कर रख दिया।

अमन की ज़िंदगी में कोई और औरत?

शायद इसी वज़ह से, अमन उसे मानसिक रूप से प्रताड़ित करता है?

वैशाली सब समझ गई। अब कहने सुनने को कुछ भी शेष नहीं रहा। उसे पति शब्द से नफ़रत हो गई।

वो रात बेहद लंबी थी। बड़ी मुश्किल से खुली आंखों में गुज़ारी उसने। दूसरे दिन तड़के किसी को बताए

वगैर, कुछ कपड़े और किताबें साथ लेकर मायके के लिए रवाना हो गई।

उसको यूँ अचानक देखकर मायके वाले भी हैरान थे।

सब लोग पूछने लगे कि, ऐसा क्या हो गया?

पर उसके आँसू थमने का नाम ही नहीं ले रहे....

बहुत पूछने पर, वैशाली ने सारी बातें अपनी भाभी से शेयर करी। आखिर बात उसके पिता के कानो तक पहुंच ही गई। उन्हें "आज पहली बार, ख़ुद के निर्णय पर आत्म ग्लानि हो रही थी"। उनका हृदय बेटी की पीड़ा से आहत हो गया।

वो उसके सर पर हाथ रखकर बोले,

फ़िकर मत करो, अब तुम वहाँ कभी नहीं जाओगी।

"पिता के चंद शब्दों ने उसके टूटे हुए वजूद को एक नई ऊर्जा प्रदान की।"

कुछ दिन बाद, वैशाली ने मेरठ के एक प्राइवेट कॉलेज में हिंदी पढ़ाना शुरू कर दिया। वो टूटी- फूटी कविताएं भी लिखती थी। बस मन बहलाने के लिए सोशल मीडिया पर उन्हें पोस्ट करने लगी।

इसी दौरान उसकी मुलाकात फेसबुक पर वैभव से हो गई। जो एक बेहद खूबसूरत और हैंडसम नवयुवक है। बातचीत से पता चला कि दोनों की हॉबीज भी कॉमन हैं। कुछ ही समय में ये लोग व्हाट्सएप और मैसेंजर

पर ऐसे जुड़ गए कि एक दूसरे से बात किए बगैर उन्हें चैन नहीं पड़ता। बातें करते- करते उन दोनों के बीच एक सहज आकर्षण पैदा हो गया। और उनकी आपसी मित्रता धीरे-धीरे प्यार का रूप लेने लगी।

वैशाली को भी एक सच्चे साथी की ज़रूरत थी। वो जब कभी "लो" फील करती तो वैभव से बात करके उसे सुकून मिल जाता। सच पूछिये तो वैभव उसकी ज़िंदगी में एक देवदूत की तरह दाख़िल हुआ।

फिर एक दिन फोन पर तय हुआ कि हमें मिलना चाहिए। वैभव ने यूनिवर्सिटी से छुट्टी ली और मेरठ आ गया।

उसने आते ही वैशाली से कहा,

सुनो, हम कहीं बाहर चलते हैं

डेट पर?

और धीरे से मुस्करा दिया।

चलोगी ना?

जी, जरूर...

वो भी मन ही मन यही चाहती थी, पर संकोच बस कह नहीं पा रही थी।

वैभव ने ओला हायर की और वो लोग मसूरी के लिए रवाना हो गए। वैशाली बेहद खुश थी।

"अपने मन पसंद व्यक्ति के साथ यात्रा का आनंद ही कुछ और होता है।"

"क्वीन ऑफ हिल्स की खूबसूरत वादियों ने उनके प्यार को पंख लगा दिए। उस एक हफ्ते में उन दोनों को साथ में वक़्त बिताने का मौका मिला। माल रोड पर हनीमून पर आए, नए जोड़ों की तरह, हाथो में हाथ डाल घूमना और प्रकृति के साथ वक़्त बिताना उनकी दिनचर्या का हिस्सा बन गया। वैशाली अपनी दर्द भरी यादों को भुला कर एक नई ज़िंदगी के सुनहले ख़्वाब बुनने लगी।"

मसूरी से वापिस लौटते ही उसे अपनी नियुक्ति की चिट्ठी मिली।

उसने यह खुशखबरी सबसे पहले वैभव से शेयर करी। और इलाहाबाद आकर अपनी ज़िंदगी अपने हिसाब से जीने लगी। अब उसके वो सारे शौक पूरे हो रहे थे जो पिछले तेरह सालों के वैवाहिक जीवन में एक ख्वाब बनकर रह गए थे। और इनमें शरीक है, उसका सबसे अच्छा मित्र और मार्गदर्शक मिस्टर वैभव कुमार...

"उन दोनों का इश्क़ चरम पर था और वो हमेशा के लिए एक हो जाना चाहते थे।"

फिर एक दिन अचानक 'कुछ ऐसा घटित हुआ', जिसकी उसने कल्पना भी नहीं की थी।

उस दिन शाम को करीब सात बजे मोबाइल बज उठा

हेलो, वैशाली...मैं छुट्टी लेकर गांव आया हूं। और कल इलाहाबाद आ रहा हूं तुमसे मिलने...

वो आश्चर्य में पड़ गई

ऐसे...अचानक?

न कोई कॉल न मैसेज...

फिर, आहिस्ता से जवाब दिया,

ठीक है, उस वक्त यूनिवर्सिटी में रहूंगी! आप वहीं आ जाइएगा प्लीज।

"करीब दो बजे दोपहर में महाशय ऑफिस आ गये। मैं फाइलों में उलझी हुई थी। वो सामने की चेयर पर खामोश बैठे हुए हैं। पास रखा पानी का ग्लास उसकी ओर खिसका कर, जल्दी-जल्दी काम निपटाने लगी। मन ही मन खयाली पुलाव पका रही हूँ, कि घर पहुंच कर ढेर सारी बातें करेंगे। रात को सिविल लाइन में डिनर करेंगे"...

पर वैभव के मुरझाए चेहरे को देखकर, मेरा मन सशंकित हो रहा था। ऑफिस का काम खत्म करके हम दोनों घर आ गए।

रास्ते में भी कोई ख़ास बात नही हुई। उसकी ख़ामोशी मुझे डरा रही थी। मैं उठकर चाय बनाने लगी।

चाय के कप टेबल पर रखते हुए, मेरी नजर शादी के कार्ड पर पड़ी। ख़ुद की बेचैनी को छुपाते हुए सहज भाव से बोल पड़ी...

अरे वाह, शादी का कार्ड?

किसकी शादी है?

जी, आप ख़ुद ही, खोलकर देख लीजिये

गंभीर स्वर में उसने जवाब दिया

कार्ड को टेबल से उठाते ही मेरी नजर "वैभव वेड्स माया" पर पडी।

मुझे 'काटो तो खून नहीं'...'पत्थर की बुत' बन वहीं खड़ी रह गई। बस आंखों से अश्रु धार बहती रही!

"हमारे प्यार की तरह...चाय भी ठंडी हो चुकी थी"

वह जाने के लिए उठ खड़ा हुआ और मुझे हग करते हुए बोला...

तुम तो बहुत बहादुर हो। सम्हालना ख़ुद को...

हाँ, एक बात कहनी है तुमसे...

"हम जीवनसाथी भले न बन पाये हो, पर अच्छे मित्र बन के हमेशा साथ रहेंगे"

और हाँ, शादी में जरूर आना, मैं तुम्हारी प्रतीक्षा करूंगा...कहते हुए निकल गया था वो

वैशाली गई थी उसकी शादी में...

अगर नही जाती तो वैभव की असलियत?

उसे कैसे पता चलती?

"वो हमेशा अपने हार्ट ब्रेक की बातें तो करता था... यह कभी नहीं बताया कि वो लड़की कौन है?"

शादी के दिन, जब माया की सहेली ने धीरे से उसके कान में कहा, कि आख़िर 'तुम दोनों मिल ही गए'... तब वैशाली वहीं बगल में बैठी थी, सुनते ही बेहोश हो गयी।

नही पता? उसके बाद क्या हुआ?

होश आया, तो खुद को वैभव के कमरे में बेड पर लेटे हुए पाया। उसके बाद वो वहाँ एक पल भी नहीं रुकी। ओला रोक रखी थी, ड्राइवर को बुलाया और वापस घर आ गई।

यह सब सुनकर, मुझे वैशाली के लिए बहुत बुरा लगा।

सोचने लगी, कि आख़िर कब तक?

"हमारा पुरुष समाज महिलाओं की मजबूरी का फ़ायदा उठाकर उनका इस्तेमाल करता रहेगा"?

कब तक? यूँ ही झूठे प्यार का नाटक करते रहेंगे लोग?

आज फिर संडे है...

व्हाट्सएप पर आई, उस तस्वीर का मर्म समझ आ गया। ख़ुद को रोक नही पाए। और वैशाली का हाल जानने उसके घर चले गए। कमरे के अंदर घुसते ही वो मुझसे लिपटकर छोटे बच्चे की तरह फूट-फूट कर रोने लगी...

और इतना ही कहा, दीदी सब खत्म हो गया...

"कुछ भी शेष नही है"

मैंने उसे सीने से लगा लिया और ढाढस बंधाते हुए बोली...

देखो वैशाली, ख़ुद को सम्हालो, तुम अपने पैरों खड़ी हो, किसी पर निर्भर नही हो!

सब कुछ भूलकर, अपनी ज़िंदगी में आगे बढ़ो।

वो कहते हैं ना, कि "परमात्मा एक द्वार बंद करता है तो दूसरा खोलता भी है"।

जी दीदी, कहते हुए उसने अपनी डायरी का एक मुड़ा हुआ पन्ना पकड़ा दिया!

हम उसे खोलकर पढ़ने लगे...

प्रिय वैभव

सुनो...मैं तुम्हारी शादी में तो आई थी। पर वहां सांस लेना मेरे लिए कठिन हो रहा था। ऐसा लग रहा था जैसे किसी ने मुझे लोहे की संदूक में बंद करके ताला

ठोक दिया है। और हमेशा-हमेशा के लिए, हमें अलग कर दिया है।

मेरे पास विकल्प था, कि मैं कायर की तरह नहीं भी जा सकती थी। पर मैं साहस बटोर कर तुम्हारे रस्म निभाने के तरीके को देखने आई थी।

शादी मुबारक हो तुम्हें!

मैं खुश हूं...क्योंकि तुम खुश हो।

हाँ, एक बात और, "मैं तुम्हें सदा-सदा के लिए विदा करने आई हूँ"।

क्योंकि, मेरे हृदय के लिए एक निश्चित समापन जरूरी था। तुम्हारे लिए प्रतीक्षारत रहना बेहद कष्टदायक था! अब यह तय है, कि हम कभी नहीं मिल सकते... "कभी भी नहीं"....

मैं, हमारे प्रेम में बिताए गए पलों के लिए हृदय से कृतज्ञता ज्ञापित करती हूं। तुम तो मेरे जीवन में स्वर्ग से उतर कर आए हुए देवदूत की तरह थे। इसलिए तुम हर हाल में खुशी के हकदार हो। मैं तुम्हारी हर खुशी की कामना करती हूं।

अपना खयाल रखना।

खूब सारा प्यार...

तुम्हारी...
अजनबी दोस्त

ख़त को पढ़ते हुए हमारी आंखें बरस पडी। पर वैशाली की महानता पर फ़क्र महसूस हुआ।

आज वैशाली ने ताउम्र अकेले रहने का संकल्प लिया है। अब उसके सामने सबसे बड़ी चुनौती, अपनी बिखरी हुई ज़िंदगी को समेटने की है।

फ़िर भी, प्यार की इस अधूरी कहानी को, पूर्णता के साथ जीती हुई, वह अपनी मंजिल की ओर अग्रसर है।

क्योंकि,

"चलते रहना ही जीवन है"

अंधेरी गुफा

रात के 12:00 बज रहे हैं! वो अभी तक घर वापस नहीं लौटे! प्रकाश बेसब्री से उनका इंतजार कर रही है! अजीब-अजीब से ख्याल उसके मन में आ रहे हैं और उसे विचलित कर रहे हैं! मन में एक डर सा समाया हुआ है!

करीब दस वर्ष पहले की बात है! उसकी शादी बांदा जिले के मशहूर काश्तकार और व्यवसायी पंडित शिव कुमार मिश्र के इकलौते बेटे राजेश मिश्र से हुई थी! जिन्हें इलाके के लोग, प्यार से राजेश दादू कहकर पुकारते हैं! शादी बड़ी धूमधाम से हुई! इलाके के सारे रईस, इकट्ठा थे लड़की के घर में!

रही बात बांदा जिले की बारात की, आप दूर से पहचान सकते हैं! जितने लोग उतनी राइफल! कौन कितना बड़ा आदमी है! इसका अनुमान आप गिन कर लगा सकते हैं! बहरहाल बारात की रौनक देखते ही बन रही थी! उस वक्त प्रकाश कोई अठारह की और राजेश बाइस वर्ष के रहे होंगे!

राजेश उस वक्त बी ए फाइनल में पढ़ रहे थे! इम्तिहान देकर गर्मी की छुट्टी में घर आ गए! और फिर वापिस गए ही नही! उनके पिता की इच्छा भी यही थी

कि उनका बेटा, व्यवसाय में उनका हाथ बटायें! और वो उन्हीं के साथ काम सम्हालने लगे! उनके घर वापिस आने से प्रकाश बेहद खुश हो गई! उसे लगा अब वो लोग साथ में ज्यादा वक़्त बिता सकेंगे!

वैसे भी, वो पहली मुलाकात में ही अपनी होने वाली दुल्हन के दीवाने गए थे! अपने नाम की तरह, वो सच में बहुत सुंदर है! नुकीले नाक-नक़्श और चांद जैसे मुखड़े वाली, नव यौवना, जिसे कुदरत ने फुर्सत से बनाया है!

उसने दशवीं का इम्तिहान दिया था, तभी शादी हो गई और बारहवीं के बाद विदाई! गांव में अभी भी रईस लोग बहू को ज्यादा पढ़ाना-लिखाना पसंद नहीं करते! बिजनेस फॅमिली तो बिल्कुल भी नहीं! प्रकाश के पिता ने जब ससुराल वालों से, आगे की पढ़ाई की बात कही, तो उसके ससुर जी का दो-टूक जवाब था, हमें नौकरी थोड़े करानी है, अपनी बहू से! जितना पढ़ लिया... बहुत है!

प्रकाश अपनी छोटी सी दुनिया में बेहद खुश है! उसकी सासु माँ भी बहुत अच्छी सुलझी हुई महिला हैं! वो, उसे बहुत प्यार करती हैं! वो दोनों भी, एक दूसरे पर जान देते हैं! राजेश उसकी हर छोटी-बड़ी जरूरत का खयाल रखते हैं! इसी बीच वो दो प्यारे से बेटों की माँ भी बन गई! राजेश काम से वापस आकर सारी शाम अपने बच्चों के साथ बिताने लगे! प्रकाश, हर शाम

उनकी चाय पर प्रतीक्षा करती! और वे दोनों, सुबह-शाम की चाय हमेशा साथ पीते! ज़िंदगी बेहद खूबसूरती से गुज़र रही थी!

धीरे-धीरे, राजेश का कारोबार बढ़ता गया! उन्होंने अपनी मेहनत और बुद्धिमत्ता से, केवल पिता के व्यवसाय को आगे नहीं बढ़ाया बल्कि अपना भी, अलग से व्यवसाय शुरू कर दिया! उनको "गन हाउस" खोलने का सरकारी लाइसेन्स मिल गया! वह खुद तो दबंग थे ही, पर इस दुकान की वज़ह से इलाके के अन्य दबंगों से भी दोस्ती हो गई! उस समय कस्बों के रईस लोग मनोरंजन के लिए बाइयों के कोठे पर जाया करते थे! गंगा बाबू के पिता को भी यह लत थी! उसका असर उनके इकलौते बेटे की ज़िंदगी पर भी हुआ!"

"जब माँ-बाप खुद कोई गलती करते हैं, तो वो अपने बच्चों को उसके लिए, कैसे मना कर सकते हैं"?

जैसे-जैसे बिजनेस आगे बढ़ा, घर में रुपये-पैसों की भरमार हो गई! पैसा आने के साथ राजनीति में भी उनकी सक्रियता बढ़ती जा रही है! जाहिर है, सारी आमदनी का जरिया पाक-साफ नहीं होता! राजेश दादू अपनी दुकान में देसी कट्टे भी बेचने लगे! उनकी दुकान पर हर शाम, महफिल सजने लगी! अपने दबंग मित्रों के साथ, उन्होंने भी पीना शुरू कर दिया!! और देर रात तक घर से बाहर रहने लगे! जब भी वापिस आते, नशे में होते.... प्रकाश उनकी पीने की आदत से बहुत परेशान

हो गई! कई बार प्यार से समझाने की कोशिश की, पर उसकी बात का कोई असर नहीं हुआ!

आज उनके अभिन्न मित्र की बेटी की शादी है! निमंत्रण में गांव जाना था! इसलिये शाम को जल्दी आ गए और तैयार होकर माँ से बोलकर निकल गए! उनका बदला हुआ व्यवहार, प्रकाश को बिल्कुल अच्छा नहीं लगा!

वो देख रही है, "अपने पति को हर रोज़ बदलते हुए", पर वो क्या करे..?

"एक बाबू जी ही थे, जो उन्हें कुछ कह सकते थे, अब तो वो भी नही रहे!" सोचती हुई, दुःखी मन से कमरे से बाहर आकर बालकनी में रखी आराम कुर्सी में बैठ जाती है! और आसमान में टिमटिमाते तारों को निहारती रहती है!

बच्चों का स्कूल है कल, उन्हें खाना खिलाकर पहले ही सुला दिया है!

राजेश अपने मित्र के गांव, राजापुर पहुंच गए! सबने उनका स्वागत-सत्कार किया! फ़िर उन्हें बगल के पंडाल में ले गए! जहाँ किरण बाईं की महफ़िल सजी हुई थी! वो आजकल अपनी अदाकारी और लटके-झटके से, इलाके के रईसजादो की पहली पसंद बन गई है! राजेश दादू भी महफ़िल में बैठ मुजरा देखने लगे! उसके नूपुर की खनक के साथ, मदिरा के प्याले भी

सारी रात खनकते रहे! राजेश, उसके लिपे- पोते मुखड़े और नशीली अदाओं पर ऐसे मुग्ध हुए, कि उठे ही नहीं वहां से! और उसके ऊपर नोटों के बंडल न्यौछावर करते रहे! धुँधलके महफ़िल बर्ख़ास्त हुई और सभी लोग जाने लगे! तब राजेश ने भी उठने की कोशिश की, पर उन्होंने इतनी ज्यादा पी रखी थी, कि लड़खड़ा के वहीं गिर गए!

"उनके ड्राइवर और गन मैन को उन्हें उठाकर, गाड़ी में डालना पडा!"

प्रकाश सारी रात उनकी प्रतीक्षा करती रही! पति की चिंता में उसे नींद भी नहीं आई! खुली आँखों में ही रात गुज़र गई! तभी उसे नीचे गेट पर, जीप रुकने की आवाज़ सुनाई दी! देखा ड्राइवर, उन्हें पकड़कर सीढ़ी चढा रहा है!

"लगता है आज बहुत ज्यादा पी ली है"?

"सोच ही रही थी, तब तक रामू उन्हें बेडरूम में ले आया और वो औंधे मुँह बिस्तर पर लुढ़क गए! पूरा कमरा शराब की महक से भर गया! उन्हें जूते उतारने का भी होश नहीं था! मैंने जूते खोलकर अलग रखे! इस वक़्त कुछ भी कहने- सुनने का "न तो उपयुक्त समय है और न ही किसी की हिम्मत".....

"उनका दबदबा सिर्फ़ बाहर ही नहीं, घर पर भी वैसा ही है"

घर के किसी सदस्य की हिम्मत नही है, जो उनसे पूछ सके, कि रात भर कहां थे..??

यह अधिकार सिर्फ एक व्यक्ति को था, हमारे घर में! वो थे, उनके पिता जो अब इस दुनिया में ही नही हैं!

सारा दिन, उनके उठने की प्रतीक्षा में बीत गया! पर उन्हें जगाने की हिम्मत नहीं हुई! जब शाम होने को आई, तो प्रकाश ने डरते-डरते उठाया! बस चाय पी और चुपचाप बैठे रहे! उन्हें देखकर ऐसा लग रहा है, जैसे वो कहीं खोये हुए हैं! उनके दिलो दिमाग पर, अभी भी कल रात की खुमारी छाई हुई है!

कल शादी कैसी रही..??

...डरते हुए पूछा!

ठीक थी...पर रात भर नाच गाना चलता रहा!

मित्रों ने रोक लिया, आने नही दिया!

एक फोन तो कर दिया होता..?

अम्मा को कितनी फिक्र हो रही थी!

उन्होंने कोई जवाब नहीं दिया! उसने जान-बूझ कर अम्मा जी का नाम लिया था, कि कहीं गुस्सा न हो जाएं..?

पता नहीं क्यों..?

आज वो आखें नीचे करके बात कर रहे हैं! जैसे कोई गलती कर दी हो! चेहरा उतरा हुआ है और कुछ बेचैन से लग रहे हैं...

"कहीं किरण बाई पर फ़िदा होकर, उसे अपना दिल तो नहीं दे बैठे"..?

प्रकाश ने भी अपनी सहेलियों से किरण के बारे में सुन रखा है! कैसे वो अमीरजादो को चुन-चुन के, उन पर अपनी 'खूबसूरत अदाओं का जाल' फेंककर फंसाती है!

कुछ ही देर में राजेश एक झटके से बिस्तर से उठ बैठे और झटपट फ्रेश होकर तैयार भी हो गए! इत्र इतना ज्यादा लगाया है, कि पूरा कमरा महक उठा! प्रकाश को थोड़ा आश्चर्य भी हुआ..? क्योंकि इतना परफ्यूम लगाते, पहले कभी नहीं देखा था!

उनकी बेचैनी देख कर, वो सोचने लगी...

कुछ तो है, जो मुझसे छुपाया जा रहा है..?

.... इतना सजधज के...किस से मिलने जा रहे हैं..?

वो कमरे से बाहर जाने वाले थे, तभी प्रकाश बोल पडी...

.... खाने पर आपकी प्रतीक्षा करूंगी..?

नही, तुम खाकर सो जाना!

हमें जरूरी काम है, आने में देर हो सकती है...और चले गए!

"प्रकाश की परवरिश ऐसे माहौल में हुई है! जहां बचपन से पति परमेश्वर होता है, यही सिखाया जाता है! उसके खाने के बाद ही, पत्नी को खाना चाहिए, पति के घर से डोली नहीं, अर्थी निकलती है"...

उसने फ़िर कहा...

आप तो जानते हैं ना..?

जब तक आप नहीं खायेंगे, मैं कैसे खाकर सो रहूंगी..?

यह सब पुरानी बातें हैं! 21वीं सदी चल रही है!

कहा ना..??

तुम खाकर सो जाना!

.... थोड़ा नाराज होते हुए कहा!

पर प्रकाश की तो आदत है ना..? हमेशा राजेश की थाली में, उनके बाद खाने की..?

.... जवाब कैसे दे उन्हें...?

"सप्तपदी में बंधी जो है"!

राजेश ने पिस्तौल कमर में खोसी और खुद ही जीप स्टार्ट करके निकल गए! सीधे बाईजी के कोठे पर पहुंचे! इन्हें देखते ही, वहां पर मौजूद कोठेदार ने कहा...

आज बाईजी की तबियत ठीक नही है, वो मुजरा नहीं करेंगी!

पर दादू के जोर से डांटने पर, बिचारा डर गया और उनके आने की खबर, अंदर पहुंचा दी!

बाई जी, राजेश दादू आए हैं! हमने मना भी किया, पर वो आपसे मिलने की जिद पर अड़े हुए हैं..?

इतना सुनते ही, किरण का मुरझाया चेहरा खिल उठा! शायद उसे भी इसी पल का इंतजार था!

"राजेश भी सुगठित कद-काठी वाले, खूबसूरत नौजवान हैं! कस्बे के रईसों में उनकी गिनती होती है! बाईजी उनके साथ अपना सुनहरा भविष्य देख रही हैं! उनके नोटों के बंडल और गहरी नीली आंखों ने, कल रात बाईजी को भी, कहीं ना कहीं घायल किया है! वैसे उसे भी अपनी खूबसूरती पर कम नाज़ नही है! अच्छे-अच्छे रईसजादो को घास नहीं डालती!"

सम्मान सहित, उन्हें अंदर ले आओ...

...कोटेदार को आदेश दिया...

राजेश के आते ही, किसी नई नवेली दुल्हन की तरह, उसकी पलकें शर्म से झुक गई और होठों पर मृदु मुस्कान तिर गई! बड़े आदर से उन्हें बिठाया और बोली...

...आपने क्यों तकलीफ की...

कनीज को हुक्म दिया होता..?

.... ख़ुद ही हाजिर हो जाते, आपकी ख़िदमत में!

बस..आपको देखने के लिए दिल इतना बेचैन था, कि रहा नहीं गया और चला आया!

आपकी तबियत का सुनकर, हाल लेने अंदर आ गया! नाच-गाने की कोई जरूरत नहीं है!

आप आराम फरमाएं, हम चलते हैं...

नहीं हुजूर, ऐसे कैसे चले जाएंगे आप..?

हमारे कोठे पर पहली बार पधारे हैं! हमारा भी तो कुछ फर्ज बनता है आपका स्वागत सत्कार करने का!

किरण ने इशारा किया,कोटेदार तुरंत भीतर से सुराही और प्याला ले आया! बाईजी ने बड़ी नजाकत से, आहिस्ता-आहिस्ता प्याले में डाली और अपने मेहमान को थमा दिया! देते वक़्त उनकी उंगलियों का आपस में स्पर्श हुआ और तन-मन सिहर उठा!

राजेश बाबू, उसका हाथ पकड़ कर, अपने बहुत करीब बैठाते हुए बोले...

.... "कुछ मत करिए" ...

सिर्फ हमारे पास बैठिए! हम जी भरके आपको देखना चाहते हैं!

किरण के गालों पर छाई हुई प्यार की लालिमा राजेश को अपनी ओर खींच रही थी! वो उसे एकटक देखते जा रहे थे!

"वैसे किरण के चेहरे से नजरों को हटाना, इतना आसान भी नही! उसकी सुंदरता जितनी मोहक है, कंठ भी उतना ही मधुर है! जितनी प्यारी सिंगर है, उतनी ही अच्छी डांसर भी है! हारमोनियम भी अच्छा बजा लेती है! 'सर्वगुण संपन्न' है वो"...

इशारा मिलते ही, मास्टर हारमोनियम के साथ हाजिर हो गया!

उसने स्वर कोकिला, लता मंगेशकर के हिट गाने....

जब दीप जले आना,

जब शाम ढले आना!

.... गाकर... राजेश बाबू को, "ऊपर से नीचे तक तरबतर कर दिया!"

ऐसा अद्भुत शमा बाँधा कि गीत खत्म होते-होते, वो मधुर संगीत की स्वर लहरी में डूब चुके थे!

उन्हें पता ही नहीं चला कि,

"आधी रात कैसे बीत गई" ...?

"उन्होंने किरण को पास खींच कर, अपनी बाहों में जकड़ लिया! और उसके ऊपर चुम्बनों की बौछार कर दी!"

...कुछ देर बाद...

विदा लेकर घर के लिए रवाना हो गए!

करीब आधी रात बीत चुकी थी! तब भी प्रकाश उनकी प्रतीक्षा में जाग रही थी! आहट मिलते ही उठ बैठी...

जी, आपका खाना लगा दूँ ..?

प्रकाश ने धीरे से पूछा...

नहीं... मित्रों ने जबरदस्ती खिला दिया है!

तुमसे बोल कर गया था कि मुझे काम में देर हो जाया करेगी, तुम खाकर सो जाया करो!

उसकी आंखें छलछला आई, पर राजेश के सामने अपना दर्द प्रकट नहीं किया! चुपचाप कमरे से बाहर चली गई और किचन में जाकर बहुत रोई!

राजेश ने कुर्ता पजामा उतार कर हैंगर में टांग दिया और लूंगी बनियान पहन कर लेट गए!

थोड़ी देर बाद, प्रकाश वहाँ से गुजरी, जहाँ उनके कपड़े टगे थे! उसे इत्र की बड़ी मादक खुशबू आई! जो पहले कभी नहीं आई थी..?

यह खुशबू... इनके इत्र की तो बिल्कुल नहीं है..?

इन्हें तो केवड़ा पसंद हैं! यह तो रातरानी की महक है..?

उसे थोड़ा शक तो हुआ.?

पर उसे 'अपने पति पर अटूट विश्वास है!'

स्वयं से कहा...अरे नहीं, वो हमसे इतना प्यार करते हैं! किसी दूसरी औरत की ओर नजर उठा कर भी नहीं देख सकते!

यह मेरे दिमाग का वहम है, और कुछ नहीं!

हर रोज़ की तरह, पैताने बैठकर पांव दबाए और फिर उनके बगल में लेट गई!

राजेश तब तक गहरी नींद में सो चुके थे! आज उनके दिल को करार जो मिला है!

उन्हें पता ही नहीं चला, प्रकाश कब सोई..?

शादी के बाद से...हर रात, उनकी बाहें प्रकाश का सिरहाना बन जाती थी! पर आज वह दोनों अलग-अलग दिशाओं में, करवट बदलकर सो रहे थे..?

"नशा, शराब का हो या प्यार का"

"इंसान को मदहोश तो कर ही देता है"....

रोज की तरह, वो आज भी 5 बजे सुबह उठ गई और नहा धोकर ठाकुर जी का दिया जलाया! फ़िर घर के काम में व्यस्त हो गई! पहले राजेश भी, उसके साथ ही उठ जाया करते थे! पर अब उनके सोने- जागने का कोई समय नही रहा..?

धीरे-धीरे, उनकी हर शाम बाईजी के घर पर गुजरने लगी! दिन भर चाहे जहाँ रहें! ठीक 7 बजे, वहाँ पहुंचकर मुजरा सुनना और पीकर प्रेमालाप करना, उनकी दिनचर्या का हिस्सा बन गया!

प्रकाश के हिस्से सिर्फ इंतजार...शेष रह गया है!

उनका पारिवारिक जीवन पहले जैसा बिल्कुल नहीं रहा! एक दिन ड्राइवर ने कोठे पर जाने वाली बात भी अपनी मालकिन को बता दी! उसका शक़, अब यकीन में बदल चुका है! वक़्त ने ऐसी करवट बदली, कि उसके प्रेम विश्वास समर्पण से निर्मित, एक अटूट रिश्ता, पल भर में टूट कर बिखर गया!

"प्रकाश, सच में "प्रकाश पुंज" थी पहले!"

अब उसके चेहरे पर उदासी और पीलापन साफ़ दिखाई देता है! किरण के बारे में उसकी सासु माँ को भी पता है! पर वो बेचारी, किस्मत की मारी..ख़ुद ही, जीवन पर्यंत इसी दंश को झेलती रही हैं!

"जो अपने पति को नही रोक सकी"

वो बेटे को रोकने की हिम्मत...कहां से जुटाएगी..?

अक्सर रात में राजेश की प्रतीक्षा करते-करते, प्रकाश बिना कुछ खाये ही सो जाती!

"किसी के साथ की आदत इतनी आसानी से नहीं छूटती और वो भी, जिसे आप ख़ुद से ज्यादा प्यार करते हो"

अपने पति और बाईजी के रिश्ते के बारे में सब जानते हुए भी, उनसे सीधे पूछने की हिम्मत नहीं थी! राजेश का 'डर' शुरू से ही, उस पर बुरी तरह हावी रहा है!

...इसी चिंता में डूबी रहती...

क्या करें..? कहां जाएं..? किससे कहें..?

इसी वज़ह से आये दिन बीमार रहती है! उसके सिर के आधे हिस्से में भयंकर दर्द उठता है! डॉक्टर ख़ुद हैरान हैं, सारे टेस्ट करवा डाले पर बीमारी की जड़ तक नहीं पहुंच पाए!

पर राजेश बाबू, बाईजी के प्रेम जाल में ऐसे फंसे हैं, कि उन्हें प्रकाश की आँखों में छुपा अथाह दर्द दिखाई ही नहीं देता!

"उस रात, किरण ने अपने प्रेम सरोवर में अंतिम जाल फेंका! जिसमें 'मगरमच्छ' फंस कर रह गया"!

उसने राजेश बाबू के कान में फुसफुसाते हुए, आहिस्ता से कहा...

"खुश खबरी है हुज़ूर"

"कनीज़ आपके बच्चे की मां बनने वाली है"

उनके पैरों तले जमीन खिसक गई! घर वापस आकर सोचने लगे कि अजीब मुश्किल में पड़ गया हूँ!

किरण, "गले में हड्डी की तरह फंस गई है"

"न निगलते बन रही है, और न उगलते"

क्या करें...? दिमाग काम नहीं कर रहा है...

रात भर नींद नहीं आई! सोच रहे थे, कि अगर मेरी गलती है?

तो वो बच्चा लावारिश की तरह पले?

ये मैं कैसे देख सकता हूँ?

पहले उन्होंने, किरण को पैसों का लालच देकर अबॉर्शन करवाने की सलाह दी! पर वो किसी भी कीमत पर राजी नहीं हुई! हाँ, वो अपना धंधा छोड़कर, उनके साथ ताउम्र रहने को तैयार थी!

"इधर प्रकाश लगातार बीमार रहने लगी! बड़े न्यूरोलॉजिस्ट को दिखाया गया! पर उसके सर दर्द में कोई दवा असर ही नहीं कर रही थी! बस वह ट्रेंकुलाइजर के प्रभाव से बेहोशी की हालत में हमेशा लेटी रहती! और सबसे कहती मुझे सोने दो...नींद आ रही है! बच्चों की परवरिश में भी दिक्कतें आने लगी! बेचारी सासू मां कितना सम्हालती? इन्हीं हालातों में करीब 5 वर्ष बीत गए!"

"फिर एक दिन अचानक, अंधेरी कोठरी में बिस्तर पर लेटे हुए, उसे पता चला कि राजेश ने किरण से शादी कर ली है और लखनऊ में घर लेकर रखा हुआ है!"

वैसे राजेश ने कुछ वर्ष पहले, लखनऊ में रियल इस्टेट का काम शुरू कर दिया था! अब वो ज्यादातर वहीं रहते हैं! महीने- दो महीने में एक चक्कर घर का भी लगा लेते हैं!

कौन जाने..?

इसके पीछे की वज़ह..? शायद..K.?

धीरे-धीरे, ये खबर पूरे इलाके में फैल गई!

सभी नाते-रिश्तेदार पीठ पीछे गॉसिप कर रहे थे! पर राजेश से किसी ने एक शब्द भी नहीं कहा!

प्रकाश की डबडबाई आंखों और ख़ामोश जुबां के भीतर छुपा हुआ दर्द किसी ने नहीं समझा..?

हमारे समाज की विडंबना है, अगर "बड़ा आदमी कोई गलत काम करे, तो वो गलती नहीं होती!"

"वहीं काम कोई लोअर मिडल क्लास का आदमी करे, तो पूरा समाज उसके विरोध में खड़ा हो जाता है!"

एक बार मैं किसी काम से लखनऊ गई! पता चला राजेश जी, लखनऊ में हैं! वो हमारे दूर के रिश्ते में आते हैं! सोचा मिल लेते हैं! हम लिविंग रूम में बैठे हुए थे! तभी एक सुंदर सी महिला ने आकर हमें ग्रीट किया! अपनी किराएदार बता कर, हमें उनसे मिलवाया गया! कुछ देर पश्चात, दो छोटे बच्चे खेलते हुए वहीं आ गए!

बिना उनके बताये ही...सब समझ आ गया!

जब वो चाय बनाने किचन में चली गई! तो हमने मौका पाकर राजेश जी से सीधे पूछा...

...ऐसा क्यों किया आपने...?

.... आपको क्या हक था..?

अपनी पत्नी और बच्चों की ज़िंदगी तबाह करने का..?

उन्होंने बड़ी गंभीरता से जवाब दिया...

देखिए, पहली बात, "हम दोनों परिवार की हर जरूरत का खयाल रखते हैं! किसी चीज की कमी नहीं होने देते!"

दूसरी, "हमने किसी को अंधेरी गलियों से निकाल कर रोशनी दी है! उसको इज्जत के साथ रहने के लिए एक घर दिया है!"

क्या यह गुनाह है?

क्या यह मानवता नही है?

उनके सवालों से, हमारे मन में कई 'यक्ष प्रश्न' उठ खड़े हुए...

अब आप ही बताइए?

क्या बिना तलाक के "दूसरी शादी करना" कानूनी तौर पर गुनाह नहीं है?

क्या अपनी निर्दोष पत्नी को एक दूसरी औरत के लिए 'अंधेरी गुफा' में धकेल देना मानवता है?

विल यू मैरी मी

कभी सोचा भी नहीं था कि ज़िंदगी के सफ़र में कोई ऐसा मकाम आयेगा। जो सब कुछ बदल कर रख देगा।

क्यों कि उसके पहले मेरी ज़िंदगी, सीधी सपाट सी चलती जा रही थी। एक पढ़ाकु खुशमिज़ाज लड़की, जिसकी निगाह अर्जुन के तीर की तरह अपने लक्ष्य पर केंद्रित है।

"ज़िंदगी की गाड़ी, कभी तय रास्ते पर चली है भला"

आख़िर वो मुड़ के उस नए रास्ते पर पहुंच ही गई। जो उसके लिए अनजान है। पर मंजिल बेहद ख़ूबसूरत है।

"जिसे पाने की चाह में, वो ख़ुद ही गुम हो गई"

अचानक खयाल आया कि इंटरनेशनल कॉन्फ्रेंस शुरू होने में अब कुछ ही दिन बाकी हैं। सोचा हाल में चलकर तैयारियों का जायजा लेते हैं। तभी डॉ स्वाति की आवाज़ कान में पडी।

सुना तुमने..?

डॉ आकाश इंडिया आ रहे हैं। हमारी कॉन्फ्रेंस का शुभारंभ उन्हीं के हाथों होगा। और हम सब को इतने बड़े वैज्ञानिक से मिलने का मौका भी मिलेगा।

आकाश का नाम सुनते ही, मेरी साँसे थम सी गई। मैं कुछ कहती, उसके पहले ही वो बोल पडी।

अरे वही डॉ आकाश, जो विश्व के सुप्रसिद्ध वैज्ञानिकों में से एक हैं। जिन्होंने अमेरिका में बड़ा मकाम हासिल किया है।

सुना है वो हमारी यूनिवर्सिटी के स्टूडेंट रहे हैं?

तुम जानती हो उन्हें?

एक के बाद एक सवाल...

वो लगातार बोलती जा रही थी, पर मुझे कुछ सुनाई नहीं दे रहा था। मैं, तो अतीत की यादों में खोई हुई, मन ही मन बुदबुदा रही थी।

मेरा...आकाश?

तभी डॉ स्वाति ने टोका

क्या हुआ तुम्हें?

क्या कहती...?

"मैं तो 20 वर्ष पहले, उस ठहरे हुए लम्हे में वापिस पहुंच गई थी"

"जब धवल चांदनी में लिपटी एक प्यारी सी लड़की पहली बार केमिस्ट्री डिपार्टमेंट आई थीं। उसके चाँद से मुखड़े पर सजी मनमोहक मुस्कान ने पहली नजर में सबका मन मोह लिया था।"

सब आपस में कानाफूसी कर रहे थे।

कौन है ये?

आज पहली बार दिखी है?

किसी ने कहा...पीएचडी करने आयी है।

जो भी उससे पहली बार मिलता, पीछे यही कहता...

ये लड़की तो "ब्यूटी विद ब्रेन" का परफेक्ट कंबो है यार।

ऑफिस की फॉर्मेलिटी पूरी करके, हम अपनी रिसर्च लैब में चले गए। उस समय आकाश कोई एक्सपेरिमेंट कर रहा था। उसका रिएक्शन कई घंटे चलता है। इसलिए उसे हर रोज़, शाम 6 बजे तक लैब में रुकना पड़ता है। हम दोनों की लैब ऊपर नीचे है।

मैं, शाम 5 बजे काम खत्म करके सीढ़ियों से नीचे उतर रही थी! पैरों की आहट पाकर, आकाश का ध्यान सीढ़ी की ओर गया। तभी उसने मुझे पहली बार देखा और "देखता ही रह गया।"

अब ये रोज़ का रूटीन बन गया। हर शाम, मेरे नीचे उतरने की प्रतीक्षा करना और बिन बोले एकटक देखता रहना। मुझे, उसका ये सिलसिला कुछ अज़ीब लगता।

अक्सर सोचती, क्या करूँ?

बात करूँ क्या?

पर कैसे?

कभी-कभी मुझे ऐसा लगता जैसे उसकी आखें कुछ कहना चाहती हैं। एक अज़ीब सी बेचैनी थी दिल में।

पर कहे कैसे?

फ़िर एक दिन मुझसे नही रहा गया और मैंने हिम्मत करके उससे पूछ ही लिया।

आप हमें ऐसे क्यों घूरते रहते हैं?

उसने बड़े शांत स्वर में कहा,

"किसी को देखना, कोई गुनाह तो नही"

उसके शब्द सीधे दिल में उतर गये। मेरे पास इनका कोई जवाब नहीं था।

मैं कुछ पल ठहर कर, वहाँ से चली आई। पर मेरी बेचैनी और बढ़ गई। घर आते ही अपनी बेस्ट फ्रेंड नीता को फोन किया। और एक ही साँस में पूरी राम कहानी कह सुनाई।

आकाश का नाम सुनते ही, वो बोल पडी...

सुनो, वो बहुत अच्छा लड़का है। किसी लड़की की तरफ निगाह उठाकर नहीं देखता। बस अपने काम से काम रखता है। इंटेलिजेंट है, हैंडसम है और शहर की जानी मानी बिजनेस फॅमिली से ताल्लुक रखता है। लडकियाँ तरसती हैं उससे बात करने को। पर वो किसी को लिफ्ट नहीं देता।

और एक तुम हो, जो...

जरूर कोई गलतफहमी हुई है तुम्हे।

नीता से उसकी इतनी तारीफ़ सुनकर, मेरे होठों पर हल्की सी मुस्कान बिखर गई और बाबा रहीम दास... याद आ गए...

"रहिमन कारी कामरी, चढ़े न दूजो रंग"

अच्छा जी, इनके ऊपर किसी का रंग नही चढ़ता?

इस विचार ने हमारे भीतर एक चैलेंज का भाव जगा दिया!

"क्षण भर के लिए तीव्र आकाँक्षा का एक झोंका, ऊपर से नीचे तक जैसे चीरता हुआ निकल गया।"

"चलो एक बार मैं भी इनकी "काली कामर" पर अपना रंग चढ़ाने की कोशिश करती हूँ।"

"कुदरत भी मेहरबान थी हम पर।"

पता चला डिपार्टमेंट में एक सेमिनार हो रहा है। और हम दोनों उसकी ऑर्गनाइजिंग कमिटी के मेंबर हैं। मीटिंग्स में अक्सर हमारी मुलाकात तो होती। पर वो हेलो हाय तक ही सीमित रहती।

एक दिन मीटिंग लंबी खिच गई। हाल से बाहर निकले तो कुछ अंधेरा सा हो गया था। बगल से कुछ जानी-पहचानी सी आवाज़ सुनाई दी।

"रात के 8 बज रहे हैं।"

चलो, मैं तुम्हें हॉस्टल छोड़ देता हूं।

पता नहीं क्यों?

न चाहते हुए भी, मना नहीं कर पाई। और उसकी मोटर बाइक पर बैठ गई।

चलते ही उसने पूछा,

कॉफी पियोगी?

मैं चुप रही।

"कभी-कभी जवाब न देना भी "हाँ" का संकेत होता है"

उसने बाइक, कॉफ़ी हाउस की ओर मोड़ दी। काफ़ी पीते वक़्त भी, उसकी नजर मुझ पर ही टिकी हुई थी। पर हम उसकी आखों में नही देख सके। पूरे समय मेरी पलकें शर्म से झुकी रही। बस हमारे बीच पसरी ख़ामोशी...बोलती रही। फ़िर वो मुझे हॉस्टल छोड़ कर निकल गया।

"धीरे-धीरे हम दोनों एक दूसरे के इतने करीब आ गये, कि बिना मिले चैन न पड़ता।"

रिसर्च वर्क की व्यस्तता के चलते, लंच टाइम में मिलने का निश्चय किया। इसलिये साथ-साथ कैन्टीन जाने लगे। साइंस फैकल्टी में एक मात्र कैन्टीन थी,

लाला की। उसके चाय और समोसे का स्वाद ही निराला था! जो आकाश की उपस्थिति में दुगुना हो जाता। विभाग में हमारी जोड़ी चर्चा का विषय बन गयी।

फ़िर आया, 23 नवंबर, मेरी ज़िंदगी का सबसे खास दिन। मैं अपनी लैब में लैपटॉप पर कुछ जरूरी काम कर रही थी। तभी अचानक पीछे से आकर, उसने अपनी बाहें मेरे गले में डाल दी और फलक को चूम लिया। उसका आकस्मिक स्पर्श मेरे रोम-रोम को स्पन्दित कर गया।

फ़िर कान के पास कुछ फुसफुसाहट सी हुई...

"हैप्पी बर्थ डे माय डियर"

"आई लव यू"

और वो चला गया।

उसके शब्दों ने कानों में मिसरी जैसे घोल दी! इतनी सुखद अनुभूति पहले कभी नहीं हुई थी!

"ये 'ढाई आखर' मेरी रूह में ऐसे ज़ब्त हुए, कि मैं भीतर से बाहर तक भीग गई"

हमारी दोस्ती, कब प्यार में बदल गई?

पता ही नहीं चला।

वक़्त बीतता गया और 3 साल बाद हम दोनों को पी एच डी अवार्ड हो गई। हमने स्टैनफोर्ड यूनिवर्सिटी में

पोस्ट डाक के लिए अप्लाई किया और वहाँ भी सिलेक्ट हो गये।

हमारी खुशी का ठिकाना नही रहा! अब हम US साथ जाएंगे! वहाँ ये करेंगे, वो करेंगे..हर रोज़ एक नई प्लानिंग...

पता नहीं क्या-क्या?

हम दोनों खयाली पुलाव पकाने में बिजी थे! तभी एक ज़ोर का धमाका हुआ! पापा ने फरमान जारी किया। कि अवनी, शादी के बाद पोस्ट डाक के लिए अमेरिका जाएगी।

उनके हिटलरी फरमान ने हमारे होश उड़ा दिये। अपने भविष्य को लेकर हम जितने उत्साहित थे, उतने ही निराश हो गए। पर पापा से कुछ कहने की हिम्मत नही हुई।

हाँ, माँ का सपोर्ट हमें हमेशा मिला। बचपन से वो एक मजबूत स्तंभ की भाँति, साथ खड़ी रहीं। इसलिये उनसे अपने दिल की बात कहने में ज्यादा मुश्किल नही हुई।

माँ, मुझे आकाश बेहद पसंद है। हम दोनों एक दूसरे से बहुत प्यार करते हैं।

आप कुछ करो ना प्लीज...

इतना कहते ही...आंसू टपक पड़े। मां ने सांत्वना देते हुए कहा, हम बात करते हैं बेटा, तुम फिक्र मत करो।

पर बाबूजी का ये रूप तो हमने कभी नहीं देखा था।

माँ की बात सुनते ही, गुस्से से तमतमा उठे।

तुम दोनों माँ - बेटी का दिमाग ख़राब है। वो कितना भी पढ़ा लिखा और होनहार हो। पर हमारी जात-बिरादरी का नही है।

कहां कुलीन ब्राम्हण और कहाँ बनिया बक्काल?

कैसे कर दे शादी?

सारे खानदान की नाक कट जाएगी सो अलग। ब्राह्मण समाज में किसी को मुँह दिखाने लायक नहीं रहेंगे।

उनकी बातें सुनकर मैं अवाक रह गई! मन मस्तिष्क में उथल-पुथल मची हुई थी!

एक साथ कई सवाल?

क्या ये वही बाबूजी हैं?

जो आम लोगों को जात-पात से ऊपर उठकर सोचने की शिक्षा देते हैं?

मंच पर खड़े होकर सामाजिक बदलाव की बड़ी-बड़ी बातें करते हैं?

चेहरे पर कितने मुखौटे ओढ़ रखे हैं?

"समाज के लिए मुखौटा अलग और अपने परिवार के लिए बिल्कुल अलग।"

मैं दुःखी मन से हॉस्टल वापिस आ गई! और संतप्त हृदय से सारी बातें आकाश को बताईं। बाबू जी का निर्णय सुनकर उसका दिल टूट गया।

कुछ देर ख़ामोश रहा, फ़िर बोला...

हम लोग घर वालों की मर्जी के वगैर शादी नहीं कर सकते। तुम हिम्मत रखो। उन्हें थोड़ा वक़्त दो, सब ठीक हो जाएगा।

इतना कहकर वो भी रुआँसा हो गया और बाइक स्टार्ट करके वहां से निकल गया।

"हमारे सारे ख़्वाब टूटकर जमीन पर बिखरे पड़े थे"

आखिर, वो दिन भी आ गया। जब हमें अमेरिका जाना था। मैंने अपनी ओर से बहुत कोशिश की, रोई, गिड़गिड़ाई, मिन्नतें की। पर बाबूजी का दिल बिल्कुल नही पसीजा। उन्होंने मुझे US नहीं जाने दिया।

आकाश ने विह्वल हृदय से मुझसे विदा ली। हम दोनों निःशब्द थे। सजल नेत्रों से एक दूसरे को निहारते रहे।

उसने जाते हुये बस इतना कहा।

तुम्हारा हर फैसला मंजूर है मुझे।

बस एक वादा है तुमसे...

"ज़िंदगी के जिस मोड़ पर, तुम मुझे पुकारोगी"

"मैं वहीँ खड़ा मिलूंगा"

अगले दिन सुबह की फ्लाइट से वो चला गया।

मैंने मजबूर होकर पोस्ट डाक इसी यूनिवर्सिटी में जॉइन कर लिया। और कालांतर में यही प्रोफेसर बन गई।

आकाश के जाने के साल भर बाद ही, बाबूजी ने जबरदस्ती मेरी शादी, अपनी पसंद के लड़के से करवा दी। जो ज्यादा दिन नहीं चली! बेटा होने के साल भर बाद ही, हम अलग हो गए! बेटा बड़ा हो गया है और न्यूयॉर्क यूनिवर्सिटी से MS कर रहा है।

सच में...

"ज़िंदगी एक कहानी नही है, बल्कि कहानियों का पुलिंदा है।"

विचारों में निमग्न मैं बावरी भूल ही गई, कि आकाश के आने का वक़्त हो रहा है। कान्फ्रेंस के बाद वो मुझसे मिलने आने वाला है। जल्दी से मुह हाथ धोकर फ्रेश हुई। और सोफ़े पर बिखरे सामान को करीने से सजाते हुये सोचने लगी।

आज इतने वर्षों बाद, हम फ़िर से मिल रहे है। पता नहीं वो...वैसा ही हैं या वक़्त के साथ बदल गया हैं..?

इन 20 वर्षों में आकाश ने कभी संपर्क करने की कोशिश नहीं की। शायद अपने परिवार और काम में मशगूल रहे होंगे?

ऐसे अनगिनत सवाल जेहन में उठ रहे थे। तभी डोर बेल बजी।

मैंने दरवाज़ा खोला और उसने अंदर आते ही मुझे अपनी बाहों में भर लिया। हम दोनों एक-दूसरे से लिपटकर बहुत रोए।

हमारी आंखों से, जैसे आंसुओं का सैलाब बह रहा हो। और दिल जोर-जोर धड़क रहा था!

वो कहते हैं ना...

"प्यार जितना गहरा होता है, दर्द भी उतना ही गहरा देता है।"

हमेशा की तरह आज भी, आकाश ख़ुद को सम्हालते हुये उसी पुराने लहजे में बोल पडा।

अरे यार..तुम भी..?

इतने दिनों बाद मिल रहे हैं।

यूँ ही रोती रहोगी या कुछ बोलोगी भी..?

उसकी तरफ देखते ही मेरी भीगी पलकें मुस्कुरा उठी। किचन में जाकर दो कप काफ़ी बनाई और पीते हुए पुरानी यादों में खो गए। समय कैसे बीता, पता ही नहीं चला!

देखा, रात के 8 बज रहे हैं।

आज तुम्हे "डिनर डेट" पर ले चलूंगा।

चलोगी ना?

उसने मेरी ओर देखते हुए बोला!

पता नहीं कैसे?

मेरे मुँह से निकला...

कितना अच्छा होता, ग़र तुम अपनी फैमिली को भी साथ लाते?

सबसे मुलाकात हो जाती।

फैमिली ...?

"वो तो हमेशा मेरे साथ रहती है".

उसने मुस्कराते हुए कहा!

कहाँ..?

अपना मोबाइल मुझे पकड़ा दिया...

स्क्रीन पर नज़र पड़ते ही, मैं स्तब्ध रह गई....

...वो तो मेरी ही...?

मुझे आज पता चला, कि उसने अमेरिका जाकर "कभी शादी नहीं की"।

"हमारी यादों के साथ अपने काम से ही दोस्ती कर ली! बस, यही उसकी "ज़िंदगी बन गए।"

उसे मेरे बारे में सब पता है। वो 'आकाश" से न्यूयॉर्क में मिल भी चुका है।

चौंकिए मत, मैंने बेटे का नाम अपने 'पहले प्यार' के नाम पर ही रखा है!

डिनर करके रात में ११ बजे घर वापिस आये।

गाड़ी से उतरते ही उसने कहा, तुम अंदर जाओ, मैं गेट बंद करके आ रहा हूँ!

उसने गार्डन से एक गुलाब का फूल तोड़ा और हाथ पीछे किये अंदर आया!

अचानक, मेरे सामने घुटने पर बैठ...

"विल यू मैरी मी"?

...मेरी सांसे थम सी गई...

"ऐसा लगा जैसे, जीवन आकाश में पूर्णिमा का चाँद, आज फिर से उग आया है."

हेलो, कनाडा पुलिस

विक्रम मेहरा पूरी तरह आश्वस्त है! क्योंकि उसका हर दांव मन-माफ़िक पड़ रहा है। सहकर्मी रिश्तेदार पड़ोसी तारीफ़ करते नही थकते! सच में, वो कितनी अच्छी तरह अपने बच्चों की परवरिश कर रहा है। साथ ही अपनी वाइफ का भी बहुत खयाल रखता है।

पेशे से डॉक्टर होने के नाते वो अंजना को मनोचिकित्सक को दिखाता तो है, पर दवाई की मात्रा ख़ुद ही कम-ज्यादा करता रहता है।

डॉक्टर विक्रम की नजर में, उसकी वाइफ की हैसियत, घर की नौकरानी से ज्यादा, कुछ भी नही। जिसके हर काम में कमियाँ निकाली जाती हैं! सच मानिये, वो पिंजरे में कैद पक्षी की तरह फड़फड़ा तो सकती है, पर बाहर नही निकल सकती। क्योंकि उसके लिए, विक्रम के दिल में प्रेम और सम्मान जैसी कोई भी बात नहीं है।

जब भी कहीं जाने के लिए कहती, वो तुरंत बोल पड़ता ...

सुनो..?

"तुम बीमार हो, अकेले बाहर नहीं जा सकती। कहीं रास्ता भटक गई, तो मैं कहाँ खोजता फिरूँगा"..?

इतना सुनते ही उसका मनोबल टूट जाता! दुबारा पूछने की हिम्मत ही नही होती। वो खुली हवा में सांस लेने को तरस गई है। उसकी व्यथा सुनने वाला 'परदेश' में कौन बैठा है..?

पहले वॉट्स एप पर वीडियो कॉलिंग करके अपनी माँ- बहन और सहेलियों से बात कर लिया करती थी! विक्रम ने समय की बर्बादी का बहाना बनाकर, मोबाइल से वॉट्स एप ही डिलिट कर दिया। वो नही चाहता, कि अंजना के साथ हो रहे अमानवीय व्यवहार के बारे में, किसी और को, कुछ भी पता चले!

अंजना के पिता कचहरी में मुंसिफ मजिस्ट्रेट हैं। और परिवार सहित प्रतिष्ठानपुरी में रहते हैं। पास ही उनका गांव भी है। शहर में नौकरी करने के बावजूद भी, उनके घर का माहौल, सोच-विचार और रहन-सहन गांव जैसा ही हैं। औरतें, मर्दों के सामने पर्दा करती हैं और जुबान नही खोलती। अपनी माँ की तरह, बेटी भी चुपचाप घर- गृहस्थी के कामकाज करने की आदी है। अभी बी ए फाइनल का इम्तिहान दिया ही था, कि घर वालों ने उसकी शादी कर दी।

विक्रम भी आगरा मेडिकल कॉलेज से एम बी बी एस कर रहा था! उन दोनों की शादी बड़े धूमधाम से हुई

और वो विदा होकर ससुराल आ गई। शादी के साल भर बाद, एक नन्ही सी जान की माँ भी बन गई। दादी-बाबा ने बड़े प्यार से अपनी पोती का नाम 'अनन्या' रखा।

इसी बीच पढ़ाई पूरी करके, वो एम डी करने कनाडा चला गया।

उसे टोरंटो विश्वविद्यालय में छात्रवृत्ति के साथ दाखिला मिल गया। साथ ही मेडिकल फैकल्टी में सहायक शिक्षक का जॉब भी। आमदनी का एक जरिया भी हो गया!

विक्रम को कनाडा गए तीन साल बीत चुके हैं! पर वो एक भी बार भारत नहीं आया। हफ्ते में एक बार अपने माता-पिता से फोन पर बात जरूर कर लेता है। कभी-कभी उनके जोर देने पर अंजना से भी।

पर उनकी बातों में अब पहले जैसी मिठास कहाँ?

शादी के बाद उन दोनों के बीच बेहद प्यार और धनिष्ठता थी। वो जब भी कॉलेज वापिस जाता, अंजना को बेहद मिस करता। दो- तीन महीने में एक बार घर का चक्कर जरूर लगा लेता था। और फोन पर तो पूछो ही मत...घंटों बतियाते रहते।

"अब वो प्रेम"?

घर वालों के प्रेशर की वज़ह से, इतने वर्षों बाद उसने पत्नी और बेटी को कनाडा बुला लिया। पर अंजना के प्रति उसका व्यवहार, पहले जैसा बिल्कुल नहीं रहा।

पता नहीं क्यों?

पति की बेरुखी, बिल्कुल बर्दाश्त नहीं कर पा रही! कुछ कह भी नहीं पाती, बस अंदर ही अंदर घुटती रहती है!

एक दिन घर के काम निपटा कर, वो बाहर बालकनी में बैठ सुस्ताने लगी! थकान की वज़ह से उसे झपकी सी आ गई और वो बीते हुए कल में विचरण करने लगी!

"उसे अपना बचपन याद आया! वो ख्वाब याद आया, जो उसने 5 वीं क्लास में देखा था! उसे हिन्दी विषय बहुत पसंद था और अपनी हिंदी टीचर भी! दीवानी थी वो अपनी विमला मैम की! उनका पढ़ाने का तरीका बेहद अच्छा था! स्टूडेंट्स को बड़े प्यार से समझाती थी, बिल्कुल अपने बच्चों की तरह"...

"अंजना भी बड़ी होकर, उन्हीं की तरह हिन्दी टीचर बनना चाहती थी! वो धीरे धीरे बड़ी होती गई पर उसका ख्वाब और विमला मैम उसे हमेशा याद रहे! उसी ख़्वाब को साकार करने के लिए, उसने शादी के बाद भी पढ़ाई जारी रखी। और एम ए हिंदी, फर्स्ट डिवीजन से पास कर लिया।"

उसकी दिली इच्छा है कि मैं भी टोरंटो यूनिवर्सिटी से डॉक्टरेट करके हिंदी की प्रोफेसर बनूँ। और माँ हिन्दी की सेवा कर सकूँ!

कुछ दिन पहले उसने विक्रम के सामने, अपनी इच्छा जाहिर की! उसकी बात ख़त्म होने से पहले ही, वो नाराज होते हुए, जोर से बोला....

अरे मैडम, तुम नौकरी करोगी?

तो 'अनन्या' को कौन सम्हालेगा?

अरे बाबा, नाराज क्यों हो रहे हो?

"हम दोनों मिलकर सब सम्हाल लेंगे"

अंजना ने आज पहली बार हिम्मत करके, उसकी गलत बात का प्रतिरोध किया था!

विक्रम उस वक़्त तो ख़ामोश हो गया। पर उसका शातिर दिमाग अब इसी काम में लग गया!

अंजना के पीएचडी और नौकरी के ख्वाब को जड़ से कैसे ख़त्म किया जाए?

उसी शाम, अपनी माँ को इंडिया फोन लगाया! और उनके साथ मिलकर एक जबरदस्त प्लान बनाया।

"हम दोनों मिलकर, अंजना पर दूसरा बच्चा पैदा करने का दबाव डालते हैं। जैसे ही छोटा बच्चा घर में आ जायेगा और दो बच्चों के पालन-पोषण की जिम्मेदारी, उसके सर पड़ेगी, नौकरी-चाकरी सब भूल जायेगी"

"शायद आज भी हमारे समाज की विडंबना यही है, कि हम कहते कुछ हैं, और करते कुछ हैं।"

"महिला-पुरुष की बराबरी का ढिंढोरा पीटते नहीं थकते! पर धरातल पर लागू करते वक़्त सब भूल जाते हैं।"

अब उसकी सास भी बार-बार फोन करके, बेटे के लिए दबाव बनाने लगी।

विक्रम हमारा इकलौता बेटा है, अगर तुम दूसरा बच्चा नही करोगी, तो हमारे कुल का नाम कौन रोशन करेगा?

यानी एक लड़का जरूर होना चाहिए, तभी तो...

ईश्वर ने उन दोनों की सुन ली और बेटा हो गया!

पर सूरज के आने से, अंजना को ज्यादा खुशी नही हुई!

अपने पति को लेकर, उसकी धारणाएं एक-एक करके बदलती जा रही हैं! शुरू में वो सोचती थी कि 'विक्रम' उससे बहुत प्यार करता है! शायद इसीलिए वो नहीं चाहता, कि मैं नौकरी करूँ?

अब उसे वास्तविकता का एहसास हो गया है! जब से वो कनाडा आई है! एक भी दिन सुकून से नहीं बीता! उसे सब कुछ समझ आ गया है!

सोच रही है, कि विक्रम की ज्यादतियों को कब तक अनदेखा कर पाऊँगी? दिन पे दिन बढ़ती ही जा रही हैं?

हाथ धोकर मेरे पीछे पड़ा है! किसी भी तरह मुझे पागल करार देने पर तुला हुआ है! जबकि अन्य महिलाओं के साथ उसका व्यवहार बिल्कुल अलग है। अकेले ही

सबसे मिलता-जुलता है और सबके साथ मौज-मस्ती करता है! उनकी प्रसंशा करते नहीं थकता!

"जब किसी स्त्री का पति उसे इग्नोर करके, अन्य स्त्रियों को ज्यादा भाव देने लगे, तो समझ लीजिये, "दाल में कुछ काला" जरूर है!"

यही वज़ह है, कि अंजना के मन में पति के प्रति शंका ने घर कर लिया है! उसका अंग्रेज़ी मेमो के साथ इस तरह घुलना-मिलना, अंजू को बिल्कुल अच्छा नहीं लगता!

धीरे-धीरे उसे ख़ुद की ज़िंदगी से ग्लानि होने लगी! उसे लगता, कि वो तो पति के इशारे पर नाचने वाली कठपुतली बनकर रह गई है।। मशीन की तरह दिन-रात घर के काम में लगी रहती है। साथ ही दो-दो बच्चों को सम्हालती है। शाम होते- होते थक कर चूर हो जाती है।सूरज के पैदा होने के बाद तो काम दुगुना हो गया है। पर विक्रम को मेरी परेशानी नजर ही नहीं आती?

मैंने कितनी बार कहा, कि एक हेल्पर रख लेते हैं, घर के काम के लिए..? पर वो पैसे का बहाना बनाकर मना कर देते हैं! और खुद भी कोई मदद नहीं करते।

आजकल अनन्या को भी बेहद सर चढ़ा रखा है। जब भी उसे डॉटती हूँ, उसका पक्ष लेकर, मुझे ही गलत ठहरा देता है। अत्यधिक लाड़ प्यार से वो बिगड़ती जा रही है।

जब से सूरज पैदा हुआ है। ज़ाहिर है, अंजना, उसके साथ ज्यादा व्यस्त रहती है। और इस बात का फ़ायदा उठाकर विक्रम, अनन्या' के साथ कुछ ज्यादा ही वक़्त बिताने लगा है।

"पर अंजना का हृदय, विक्रम को लेकर हमेशा सशंकित रहता है"

"उसे अपनी बेटी की फिक्र हो रही है। उस बच्ची के स्वभाव में अज़ीब सा परिवर्तन आ रहा है। इतनी कम उम्र में, वो बड़ों जैसी बातें करती है। वो अपने छोटे भाई से प्यार कम करती है, चिढ़ती ज्यादा है। और मौका पाते ही उसे चोट पहुंचाने की पूरी कोशिश करती है। कभी गाल नोंच लेती है, तो कभी चीटी काट लेती है। और वो मासूम रो-रो कर बेहाल हो जाता है। माँ के मना करने पर वो और चिढ़ती है"!

विक्रम, उसको कभी कुछ नहीं कहता?

"बाप-बेटी को लेकर अंजना के मन में अज़ीब-अज़ीब खयाल आ रहे हैं"

पर वो समझ नही पा रही?

कभी-कभी उसे ऐसा लगता, जैसे अनन्या के साथ कुछ गलत हो रहा है। पर अपने पति के डर से खुलकर कुछ कहने की हिम्मत नहीं जुटा पाती।

अक्सर उसके दिलो दिमाग में विक्रम द्वारा दी जा रही मानसिक यातना हावी होने लगती है! वो इस सोच

से डर जाती है, कि अगर मैं विक्रम से कुछ कहूँगी, तो वो फिर मुझे 'डिप्रेस्ड' कहकर चुप करा देगा।

इसी बीच उसकी पड़ोसन 'उना' अचानक घर आ टपकती है...

हेलो अंजना,

हाउ आर यू?

फाइन, थैंक्स।

वो मुस्कराते हुए फिर बोली,

विक्रम सेड?

दैट यू कांट मैनेज बोथ द किड्स?

उसकी बात सुनकर, अंजना को बहुत बुरा लगा!

इसका मतलब?

विक्रम, पर्सनल बातें, बाहरी लोगों से शेयर करता है?

ऑफिस से लौटते ही, अंजना ने नाराज़गी से पूछा?

बड़ी चालाकी से बात को घुमाते हुए....

अरे पागल, तुम्हारे लिए कुछ सिम्पैथी गेन करने की कोशिश कर रहा था और क्या?

या मुझे डिप्रेशन की शिकार बताकर, ख़ुद को एक आदर्श पति और पिता साबित कर रहे थे?

उसने चिढ़ कर जवाब दिया!

"अब उसका शक़ यकीन में बदलता जा रहा है!"

"वो कई दिनों से लगातार देख रही है, कि रात को डिनर के बाद, विक्रम, अनन्या को अपने कंधे पर बिठाता है! और "माइ स्वीट प्रिंसेस" सोने से पहले डैडी के साथ गेम खेलेगी...कहता हुआ, ऊपर बेडरूम में ले जाता है। फ़िर काफ़ी देर बाद, नीचे लाकर उसके बेड पर सुला देता है।"

उस समय अंजना, सूरज को नीचे के बेडरूम में सुला रही होती है।

इधर अनन्या का स्वभाव और चिड़चिड़ा होता जा रहा है! वो बड़े मुश्किल से सुबह उठकर, स्कूल के लिए तैयार होती है! नाश्ते की टेबल पर किसी से बात नहीं करती! ठीक से खाती भी नही, ख़ुद में ही खोई-खोई सी रहती है। मां का तो बोलना ही गुनाह है! सिर्फ़ पापा की बात सुनती है!

"पति के चरित्र को लेकर संदेह, तो उसे पहले से ही था। पर अब नौ साल की बेटी की सुरक्षा पर भी सवालिया निशान लग गया है"

"अंजना ने कई बार चाइल्ड अब्यूज के बारे में, अख़बारों में पढा था और टी वी न्यूज चैनल में भी देखा है।" बार-बार यही विचार उसके हृदय में कौंध जाते हैं, कि कहीं अनन्या के साथ भी...?

पर उसकी सबसे बड़ी मुश्किल यही है, कि जब भी कुछ कहती, उसे दवाइयों का डबल डोज दे दिया जाता और वो हमेशा नशे की हालत में सोती रहती।

अब वो अपने पति की हरकतों से अच्छी तरह वाकिफ़ हो गई है। उसे ख़ुद से ज्यादा अपनी नाबालिग बेटी की फ़िक्र सता रही है।

उस दिन विक्रम दवा का डबल डोज देकर, अनन्या को कांधे में बिठा ऊपर बेडरूम में चला गया। तब अंजना ने वो दवा नही खाई, उसे बेसिन में फेंक दिया। और थोड़ी देर बाद, आहिस्ता-आहिस्ता सीढ़ी चढ़ते हुये फर्स्ट फ्लोर में पहुंच गई! फ़िर विक्रम के बेडरूम का दरवाज़ा धीरे से खोलकर भीतर झाँका।

उसने देखा, विक्रम, अनन्या के साथ सर तक चादर ढक कर लेटे हुए हैं। और चादर के अंदर कुछ अज़ीब सी हरक़त हो रही है।

इतने में...

दबी हुई सी आवाज़ आई...

“ओ माय स्वीट प्रिंसेस”

“पापा प्लीज”

अनन्या की?

अंजना को काटो तो खून नही! उसकी आंखें क्रोध से लाल हो गई! पर पैर अभी भी थरथरा रहे थे। किसी

तरह ख़ुद को सम्हालती है और हिम्मत करके एक झटके से चादर खीच देती है।

फ़िर उसने जो देखा,

"उसकी आँखें फटी की फटी रह गईं"

विक्रम, चोर की तरह, बिस्तर से उठा और सर नीचे किये कमरे से बाहर निकल गया और अनन्या अपनी पैंटी पकड़े दौड़ कर बाथरूम में घुस गई! अंदर से दरवाज़ा बंद कर लिया। अंजना के बार-बार नॉक करने पर, बड़ी देर बाद खोला और रोते हुए बोली..

मम्मा... प्लीज..प्लीज...

...डोंट कम हियर....

अंजना ने उसे गोद में उठाकर अपने सीने से लगा लिया और चुप कराने लगी। उसका हाथ अभी भी दोनों पैरों के बीच में था! और वो "it's paining..मम्मा" बोलते हुए लगातार रोये जा रही थी। अंजना उसे अपने बेडरूम में ले आई। और दर्द की दवा देकर सुलाने की कोशिश करने लगी!

"इतनी देर में विक्रम, कार लेकर "फरार" हो चुका था।"

"उसकी दरिंदगी की वज़ह से, अंजना के हृदय में ग़ज़ब का साहस और आत्म विश्वास पैदा हो गया! उसने स्वयं अपने पैरों पर खड़े होकर बच्चों की परवरिश का बीड़ा उठाया।"

भारत माँ की बहादुर बेटी ने, उसी क्षण निश्चय किया, कि विक्रम को भागकर कहीं नहीं जाने देगी! इसी देश में रहकर, कनाडा गवर्नमेंट के आगे गुहार लगायेगी। एक दुराचारी बाप को उसके गुनाहों की सजा दिलाकर ही रहेगी।

उसने साइड टेबल पर रखे लैंडलाइन फोन को डायल कर दिया...

"हेलो, कनाडा पुलिस"...

अंतरात्मा की आहुति

हर रोज की तरह, ठीक चार बजे तैयार होकर स्टडी रूम में आ गई और कहानी का फर्स्ट ड्राफ़्ट पढ़ने लगी। पर कुछ अच्छा नहीं लग रहा। दृष्टि तो डायरी के खुले पन्ने पर है,पर मन कहीं और...

आज तीन दिन बीत गए। शिव की कोई खबर नहीं मिली। मुझे उनकी फिक्र हो रही है। कुछ महीनों से लगातार घर आकर लेखन में मेरा मार्गदर्शन करते हैं।

"सिर्फ़ मुझे नहीं, मेरी लेखनी को भी उनकी प्रतीक्षा रहती है।"

ये उनकी मेंटरसिप का ही कमाल है, कि मेरी कलम दिनोदिन निखरती जा रही है।

अभी वक़्त ही कितना बीता है। सिर्फ़ 6 महीने ही तो हुए हैं, लेखक महोदय के संपर्क में आये। वो भी पतिदेव की मेहरबानी से। यह तो शिव की महानता है, कि इतनी व्यस्तताओं के बावजूद भी अपना कीमती वक़्त मुझे दे रहे हैं।

सच कहूं तो एक गृहणी को लेखिका बनाने का श्रेय सिर्फ़ शिव को जाता है। मेरी हर शाम उनके साथ कब और कैसे बीत जाती है, पता ही नहीं चलता।

यूँ ही विचारों में निमग्न मैं यादों के समंदर में गोते लगाने लगी...

जब राहुल वर्मा की पहली पत्नी 'रानी', अपने साल भर के दुधमुंहे बच्चे को छोड़कर कोरोना में चल बसी थी। पति-पत्नी के बीच अगाध प्रेम था। रोहन के पैदा होने के बाद वो दोनों और क़रीब आ गये थे। ख़ुशहाल ज़िंदगी गुज़र रही थी।

पर होनी को कौन टाल सकता है?

"अचानक पत्नी को खोकर राहुल भीतर से टूट गए। घर की हर चीज़ उन्हें रानी की याद दिलाती। बेडरूम की वाल पर टंगी उसकी तस्वीर, जिसे वो घंटों निहारते रहते। कवर्ड में रखी साड़ियां, बड़े प्यार से टच करते जैसे रानी के बदन को छू रहे हों। उन्हें घर के हर कोने में रानी की खुश्बू महसूस होती। अब रानी की एक मात्र निशानी उनका बेटा 'रोहन' जीने का मकसद बन गया है।"

पर एक पिता, "माँ की कमी" कैसे पूरी कर सकता है?

जब भी कोई मित्र बच्चे की देखभाल के लिए दूसरी शादी की बात चलाता। वो साफ़ मना कर देते। मन ही मन बुदबुदाते, रानी की जगह?

किसी और को? हरगिज नहीं!

हमेशा खोए-खोए से रहते। यहाँ तक कि इष्ट मित्रों से भी मिलना-जुलना छोड़ दिया था। काम के अलावा उनका ज्यादातर समय बेटे के साथ ही गुज़रता।

अभी उनकी उम्र ही क्या है मात्र 35 वर्ष, पूरी ज़िंदगी "अकेले" काटना इतना आसान भी नहीं है।पर नन्हे से बच्चे को सौतेली मां को सौंपना उन्हें कतई मंजूर नहीं था। क्योंकि वो स्वयं भुक्तभोगी हैं।

राहुल ने बताई थी मुझे, अपने बचपन की दुःख भरी कहानी...

मां, पैदा होते ही गुज़र गयी थी। सौतेली मां की गोद में बचपन बीता। जब वो शादी होकर घर आई तो पिता जी को खुश करने के लिए मेरा खूब ध्यान रखती थीं। पर जैसे ही उनका खुद का बेटा पैदा हो गया। वह बिल्कुल ही बदल गई। सिर्फ अपने बेटे से प्यार करती और मेरे साथ बहुत कड़ाई से पेश आती। छोटी-छोटी बातों पर मुझे, उनकी डांट फटकार सुननी पड़ती। जब कुछ बड़े हुए और स्कूल जाने लगे। तब तो पिटाई भी होने लगी।

बचपन का वो हादसा आज भी मेरी आत्मा में उकेरा हुआ है। जब मैं करीब 5 वर्ष का था और BHS में कक्षा 1 का स्टूडेंट था। उस दिन 12 बजे मैं स्कूल से वापिस घर आया। मुझे ज़ोरों की भूख लग रही थी। माँ किचन में रोटी सेक रही थी। मैंने जैसे ही खाना मांगा

वो बुरी तरह बरस पडी। क्रोध में आकर गर्म चिमटे से मेरा हाथ जला दिया। मैं दर्द और जलन से तड़प उठा और रोते-रोते थक कर सो गया।

"उस समय पिता जी ऑफिस में थे। अगर होते भी, तो कुछ नहीं कर पाते।"

"दूसरी पत्नी जो ठहरी"

इस घटना को याद करके आज भी रूह कांप उठती हैं। इसीलिये दूसरा व्याह 'कभी न करने का' संकल्प लिया है। रोहन के साथ कोई औरत ऐसा करे, मुझे ख़्वाब में भी गंवारा नही है।

राहुल पर किसी के समझाने बुझाने का कोई असर नहीं हुआ। वो अपनी बात पर अड़े रहे।

"वैसे आज के समय में लोग, पहली पत्नी की चिता की राख ठंडी हुई नही, कि दूसरी शादी की तैयारी शुरू कर देते है"

उस दिन रविवार की छुट्टी थी। इसलिये ऑफिस बंद था और राहुल घर में थे। उनके परम मित्र सुनील सुबह-सुबह घर आ गये। वो दोनों सामने के बरामदे में बैठकर चाय पी रहे थे कि अचानक तेज़ गति से आ रही स्विफ्ट डिजायर ने स्कूटी को टक्कर मार दी। स्कूटी एक लड़की चला रही थी। उसके पीछे एक लड़का बैठा था। वो दोनों सामने सड़क पर धड़ाम से गिर पड़े। उनके गिरते ही स्विफ्ट का ड्राइवर गाड़ी लेकर वहां से भाग लिया।

राहुल अपने मित्र के साथ मदद के लिए दौड़ पड़े। लड़की के सर पे चोट आई थी। लगातार खून बह रहा था। सुनील की कार वहीं सामने खड़ी थी। उन्होंने घायल लड़की और उसके भाई को उठाकर कार में लिटाया और मेडिकल कॉलेज के इमर्जेंसी वार्ड में ले गए। डॉक्टर ने लड़की के सर पे टांके लगा कर पट्टी करी। और उसके भाई को फर्स्ट एड करके छोड़ दिया। इत्तेफ़ाक से सुनील लड़की के घर वालों को जानता था। उसने तुरंत फोन करके उसके पिता को अस्पताल बुला लिया। चोट ज्यादा गहरी नहीं थी, इसलिए अस्पताल वालों ने उसी दिन शाम को दवा देकर, डिस्चार्ज कर दिया और वो लोग घर चले गए।

राहुल पहली नजर में ही उस लड़की की मासूमियत और सादगी पर मोहित हो गए। उसका मासूम चेहरा उनके दिलो-दिमाग पर ऐसे छा गया कि हर पल उसी के ख्यालों में गुम रहने लगे। काम-काज में भी उनका मन नहीं लगता था। एक दिन जब उनसे ना रहा गया तो अपने दोस्त से पूछ ही लिया।

वो...कैसी है?

तुम गए थे, उसको देखने?

वो कौन?

अच्छा, समझ गया...

नहीं, बस फोन पर हाल पूछ लिया था!

सुनील अपने मित्र के मन की बात समझ रहा था। पर ज़ाहिर नहीं किया।

उसके घर वाले तो तुम्हारे परिचित है ना?

राहुल ने फिर कहा-

हां, कुछ समय से जानता हूँ उन्हें!

पर तुम क्यों पूछ रहे हो?

बस यूँ ही...

वैसे इंसानियत के नाते हम लोगों को उनके घर चल कर हाल-चाल पूछना चाहिए?

देखो यार...

पहेलियाँ न बुझाओ?

तुम्हे वो लड़की अच्छी लगी हो, तो बताओ?

मैं उसके पिता से तुम्हारी बात करता हूँ।

राहुल ने मुस्कुराते हुए सुनील की ओर देखा। कोई जवाब नहीं दिया।

"कभी-कभी किसी व्यक्ति से "जवाब" न मिलने का मतलब, उसकी रजामंदी होती है।"

सुनील ने फटाफट अपनी मोटर बाईक स्टार्ट की और वो दोनों उनके घर की तरफ चल पड़े।

आगे अपनी बात जारी रखते हुए वो फिर बोला-

देखो यार...

उसके पिता ज्यादा पैसे वाले नहीं हैं। डिस्ट्रिक्ट कोर्ट में क्लर्क हैं। ज्यादा दान दहेज नहीं दे पाएंगे। हाँ एक सुंदर सुशील और पढ़ी-लिखी लड़की जरूर मिल सकती है तुम्हे।

ईश्वर की कृपा से सब कुछ तो है मेरे पास, मुझे कुछ भी नहीं चाहिए! राहुल ने आहिस्ता से जवाब दिया।

बात करते हुए वो दोनों हमारे घर पहुंच गए। डोर बेल बजी तो दरवाज़ा मैंने ही खोला और उन्हें ड्रॉइंग रूम में बैठाकर अंदर पिता जी को आवाज दी।

हमारा हाल- चाल पूछ कर वो लोग चलने लगे। तभी पिता जी ने उन्हें रोकते हुए कहा..

इतनी भी क्या जल्दी है?

आप हमारे घर पहली बार आये हैं। एक कप चाय तो बनती है ना?

मुझे चाय के लिए बोलकर वो लोग आपस में बातचीत करने लगे। पिता जी ने हमेशा की तरह मेरी शादी की चर्चा छेड़ दी।

सुनील ने बेहद आत्मीयता से कहा-

भाई साहेब...

हमको अपने घर का सदस्य समझिए। जब भी कोई परेशानी हो निःसंकोच बताइएगा।

पिता जी ने कहा...

बेटा और कोई परेशानी नही है सिर्फ़ शिवानी की शादी की फिक्र है मुझे। उसके हाथ पीले करके, मैं गंगा नहाना चाहता हूं।

पर जहां भी शादी की बात चलाता हूँ! बात घूम फ़िर के वहीं अटक जाती है...

आप ही बताइए?

एक मामूली सी नौकरी में घर गृहस्थी चलाने वाला व्यक्ति '10 लाख' रुपये कहाँ से लायेगा..?

दहेज के लिए?

इससे नीचे कोई बात ही नहीं करता...बोलते हुए उनका गला रुंध गया!

सुनील उनको आश्वस्त करते हुए बोला,

अरे आपके सामने इतना सुंदर घर-वर मौजूद है, और आप शहर में तलाश रहे हैं?

शिवानी के पिता सुनील का इशारा समझ कर राहुल की तरफ मुखातिब हुए...

अहोभाग्य हमारे...

और झुककर होने वाले जमाई के पैर छूने चाहे। पर राहुल ने उन्हें उठा कर गले से लगा लिया! उनकी आंखों से खुशी के आंसू छलक पड़े।

"बेटी की शादी के लिए दर-दर भटक रहे एक पिता के लिए शादी का प्रस्ताव, वो भी "बिन दहेज" किसी ईश्वरीय चमत्कार से कम नहीं था"

बहुत ही साधारण तरीके से वेद मंत्रों के साथ आर्य समाज मंदिर में हमारी शादी हुई और मैं विदा होकर ससुराल आ गई। रोहन को उसकी मां मिल गई और उसके पापा को उनकी अर्धांगिनी।

"राहुल अपनी पत्नी के प्रेम में ऐसे पागल हुए कि सारा काम-धाम छोड़कर... चौबीसो घंटे बेडरूम में ही घुसे रहते, बाहर निकलने का नाम ही न लेते। आखिर हर चीज़ की एक हद होती है। शिवानी को अपने ही कमरे में घुटन सी महसूस होने लगी। आख़िर वो भी एक जीती-जागती इंसान है। कोई हाड़ मास का पुतला नहीं।"

वह हर वक़्त यही चाहते कि मैं उनके साथ बेडरूम में ही रहूं। उनके जिद के चलते मैं राहुल का भी ख्याल नहीं रख पाती थी। उनकी कामवासना के अतिरेक ने मेरे हृदय में प्रेम की जगह नफ़रत को जन्म दे दिया। यहाँ तक कि मेरी अंतरात्मा विद्रोह पर उतर आई।

"वैसे भी खुद की पत्नी के साथ उसकी अनिच्छा से किया गया सम्भोग "किसी रेप से कम नही होता"....

"शिवानी की आत्मा अंदर-अंदर मर रही थी। उसके चेहरे की मासूमियत और निश्छल मुस्कान, ना जाने कहां खो गये?"

राहुल की हरकतों से तंग आकर उसने बेटे रोहन को साथ लिया और मायके चली गई।

जाते समय बस इतना कहा...

"जब तक आप को अपनी गलतियों का एहसास नही होता मैं वापिस नही आऊंगी"

शिवानी के ख़फ़ा होकर मायके जाने की बात सुनील के कानों में पड़ी। वो हैरान रह गया। राहुल के घर जाकर उस पर नाराज होते हुए बोला...

यार..तुम इंसान हो या जानवर?

अगर हर वक़्त काम-धंधा छोड़कर यूँ ही घर पर पड़े रहोगे? तो ज़िंदगी कैसे चलेगी?

शिवानी की जगह कोई और भी होती,वो भी यही करती! तुम्हारा मित्र और शुभचिंतक होने के नाते कह रहा हूं।

अभी भी वक़्त है, सुधर जाओ...

मैंने मायके आकर ख़ुद को पठन-पाठन में व्यस्त कर लिया। रोहन को प्ले स्कूल में डाल दिया। 'बचपन से मुझे शब्दों के साथ खेलने का शौक था'। बस, अपने दिली एहसास कोरे काग़ज़ पर उकेरना शुरू कर दिया।

और उस मेंटल ट्रॉमा से बाहर निकलने की कोशिश में लग गई।

उस दिन दोपहर में 'नारी गुरुकुल' से कुछ महिलाएं मेरे घर आईं। उन्होंने मुझे "महिला दिवस" पर विशिष्ट अतिथि के रूप में आमंत्रित किया। वो लोग 8 मार्च को "महिला दिवस" के अवसर पर "महिला सशक्तिकरण" विषय पर संगोष्ठी कर रहे हैं।

मैंने भी 'हाँ' कर दी। सोचा इसी बहाने समाज़ में उपेक्षित महिलाओं को मोटीवेट करने का एक मौका मिलेगा। मैंने उनके बीच जो भी बातें रखी। वो आज के समाज में महिलाओं की मौजूदा स्थिति को देखते हुए बेहद प्रासंगिक हैं। इसीलिये मेरा हर शब्द उनके दिलों को छू गया।

जब मैंने अपनी बात "जय माँ भारती" बोलते हुए समाप्त की। पूरा हॉल तालियों की गड़गड़ाहट से गूंज उठा। इस खबर को शहर के सभी अखबारों ने फ्रंट पेज पर हेडलाइन की तरह छापा। पतिदेव के पास दोस्तों के फोन आने लगे। सब लोग दिल खोलकर मुबारकबाद दे रहे थे।

वहाँ मौजूद मीडिया चैनल्स द्वारा मेरी बाइट भी ली गई। मैंने सभी को अपना परिचय "शिवानी राहुल वर्मा", लेखिका एवं समाज़ सेवी के रूप में दिया। सभी ख़बरें यू-ट्यूब चैनल्स पर प्रसारित हुई। राहुल ने देखा, तो उनकी खुशी का ठिकाना नहीं रहा।

वैसे भी मुझसे दूर रह के उन्हें अपनी गलतियों का एहसास बखूबी हो गया था। वो खुद अपनी हरकतों पर शर्मिंदगी महसूस कर रहे थे। उसी दिन वो हमें लेने आ गए।

8 मार्च की शाम...हम सब साथ चाय पी रहे थे।

तुम इतना अच्छा बोलती हो मुझे तो पता ही नहीं था।

तुम्हारे भाषण की कॉपी है?

मेरे एक लेखक मित्र ने माँगी है। अपनी मैग्ज़ीन में छापना चाहते हैं।

जी, जरूर...

मैंने अपनी हस्तलिखित कॉपी उन्हें पकड़ा दी। वो छप भी गई उनकी मैग्ज़ीन में। इन्हें भी गौरव की अनुभूति हुई।

शाम को घर आकर मुझसे कहने लगे।

सुनो?

तुम्हारे पापा बता रहे थे कि तुम कविता-कहानी भी लिखती हो?

मैंने अविलंब भोर में लिखी कविता वाला पेज, डायरी खोलकर इनके सामने कर दिया। वो कविता इन्हें इतनी

अच्छी लगी कि खुश होकर अपने लेखक मित्र को चाय पर घर बुला लिया।

आते ही डायरी उनकी ओर बढ़ाते हुए बोले..

तुमने अपनी भाभी की कविता पढ़ी?

शिवानी को लेखिका बनाने की जिम्मेदारी अब तुम्हारी...

जी, बिल्कुल...

शिव ने हम दोनों की ओर देखा और मुस्कुराते हुए बोले..

उन्होंने मेरी कविता को थोड़ा एडिट करके "सरस्वती" में छाप दिया और अपने FB पेज पर भी शेयर करी। पाठकों को बेहद पसंद आई। उन्होंने सराहना के "पुल बांध दिये"।

अब यह सिलसिला यूँ ही चल पड़ा। शिव हर शाम 4 बजे हमारे घर आते और मेरे लेखन में आवश्यक सुधार करते। हम साथ- साथ एक कप चाय पीते और साहित्यिक चर्चा होती। कभी कभार राहुल भी मौजूद होते। 5 बजते ही शिव अपने दफ्तर के लिए रवाना हो जाते।

कुछ दिन तक सब ठीक चलता रहा। पर बाद में राहुल को हमारा रोज़ का मिलना और हंसकर बातें

करना नागवार गुज़रने लगा। "मुझे और शिव को लेकर उनके हृदय में शक़ का बीज़ अंकुरित हो गया।"

"इसीलिए, शिव के बारे में राहुल से कुछ भी पूछने की मेरी हिम्मत नहीं हो रही"

पता नहीं क्यों?

मेरा दिल बैठा जा रहा है।

आज तीन दिन हो गये...

न वो आये और न ही कोई खबर दी?

अगले दिन शॉपिंग करने बिग बाजार जा रही थी। तभी रास्ते में शिव का हेल्पर रामू दिख गया। मैंने उसे पास बुलाकर पूछा..

तुम्हारे साहेब कहां है?

3 दिन से तेज बुखार है उन्हें, दवा लेने गया था...

उदासी भरे स्वर में जवाब देकर, घर की तरफ बढ़ गया।

रामू की बात सुनकर मेरा दिल, शिव का हाल जानने के लिए बेचैन हो उठा। शॉपिंग में मेरा मन नहीं लगा। शिव का घर बाजार के रास्ते में ही पड़ता है। वापिस लौटते समय मैं ख़ुद को नहीं रोक पाई। उसके घर के सामने ई रिक्शा रोका और वहीं उतर गई।

जैसे ही डोर बेल बजाई रामू ने तुरंत दरवाजा खोल दिया और बेडरूम की तरफ इशारा करते हुए कहा...

साब...

मैंने दरवाजे से झांक कर देखा, वो बिस्तर पर औंधे मुँह पड़े थे।

साब..मैडम आई हैं...

रामू ने आहिस्ता से कहा।

उन्होंने अपनी बंद पलकें खोलकर मुझे देखा और बेड के पास रखी चेयर पर बैठने का इशारा किया।

मैंने हाथ जोड़कर उनका अभिवादन किया और चुपचाप बैठ गई। उनकी हालत देखकर हृदय विह्वल हो गया और जुबां ख़ामोश...मैं कुछ भी कहने की स्थिति में नहीं थी।

इतने में फ़िर से डोर बेल बजने की आवाज़ आई...

रामू ने दरवाज़ा खोलते हुए बोला...

साब अंदर है...

और आगंतुक को बेडरूम की तरफ ले आया।

मैंने उत्सुकता बस पलट कर देखा और बुरी तरह घबरा गई।

राहुल ने आश्चर्य से मेरी ओर देखा...

तुम यहां?

मैं कुछ कह पाती इसके पहले ही शिव बोल उठे-

अरे..आज तुम जल्दी फ्री हो गए?

आओ बैठो...

चलता हूं अभी...

कहते हुए वो तेजी से बाहर निकल गए।

अभी तो आए हो...

शिव ने उन्हें रोकना चाहा..पर वो रुके नहीं...

उनके क्रोध से लाल चेहरे को देखकर मन में अज़ीब सा डर बैठ गया।

पता नहीं?

मेरे और शिव के बारे में क्या-क्या सोच रहे होंगे?

मैं आनन-फानन में जाने के लिए उठ खड़ी हुई। शिव कातर निगाहों से मेरी ओर देख रहे थे। उनकी ओर निहारते ही मेरी ख़ामोश आंखें बरस पड़ी। मैंने अपने भीगे होठ शिव के फलक पर रख दिए। और "get well soon" कहते हुए कमरे के बाहर निकल आयी।

वहाँ से निकलते ही e-रिक्शा मिल गया और 10 मिनट में घर पहुंच गई। डोर बेल पर हाथ रखा ही था कि देखा दरवाज़ा खुला हुआ है और भीतर से कुछ जलने

जैसी महक आ रही है। हृदय किसी अनहोनी की आशंका से बेचैन हो उठा।

अंदर पहुंची तो देखा कि आंगन के मध्य आग जल रही है! और राहुल कुछ काग़ज़ फाड़-फाड़ कर उसमे डाल रहे हैं। ये सीन देख कर मैं स्तब्ध रह गई।

स्टडी रूम में जाकर देखा तो टेबल बिल्कुल खाली पड़ी थी। न तो मेरी हस्तलिखित डायरी थी वहाँ और न ही पांडुलिपियाँ...

मैं कमरे से बाहर आकर, बेसुध सी खड़ी अपने सपनों को ख़ाक होते देखती रही।

उस वक्त मुझे ऐसा लगा, जैसे यह 'ज्वाला' मेरे भीतर धधक रही है और इस हवन कुंड में मेरी 'अंतरात्मा की आहुति' दे दी गई है!

एक नई इबारत

आज की शाम कुछ खास है! इस वीकेंड की प्रतीक्षा मैं बेसब्री से कर रही थी। क्योंकि अरुण ने कहा था, इस बार तुम्हारे लिए सरप्राइज है!

वैसे तो हर वीकेंड हम कुछ नया एक्सप्लोर करने घर से निकल पड़ते हैं! और कुछ-कुछ नये होकर वापिस लौटते हैं!

पर आज शाम कहाँ गुजरने वाली है?

कुछ पता नहीं?

यूँ ही बालकनी में बैठे चाय पीते हुए डूबते सूरज पर मेरी नजर पडी! वो दूर पहाड़ों के पीछे छुपता जा रहा है! पर उसकी लालिमा ने नीलाम्बर को अपने रंग में रंग डाला है! इस अद्भुत छटा को निहारते हुये मैं ट्रांस में चली गई...

मुझे आज भी याद है, कि मेरा बी ए फाइनल होते ही घर पर शादी की चर्चा शुरू हो गई थी! कुछ शब्द हवा में तैरते हुए मुझ तक भी पहुंच गए!

लड़का मंसूरी में जॉब करता हैं...

सुनते ही खुशी से उछल पडी थी!

अच्छी फॅमिली का पढ़ा लिखा हैंडसम लड़का, वो भी 6 फिगर सैलरी वाला...

माता-पिता को इससे बेहतर और क्या चाहिए?

बस..."चट मंगनी पट व्याह" ...वाली कहावत सिद्ध हो गई!

और हम शादी के बाद महानगर दिल्ली की भाग-दौड़ भरी ज़िंदगी से दूर अपने सपनों की दुनिया "क्वीन ऑफ़ हिल्स" वापस आ गए। ये अनुभूति किसी खूबसूरत ख़्वाब के सच होने जैसी थी!

फ़िर से देवभूमि 'मंसूरी' आना, मेरे लिए कुछ वैसा ही था, "जैसे कोई बिछुड़ी हुई बेटी अपने घर वापिस आ गई हो! जैसे सदियाँ से कोई पिता पहाड़ की तरह मजबूती से अपनी जगह पर शांत अडिग निर्लिप्त सा खड़ा होकर अपनी पुत्री की प्रतीक्षा कर रहा हो! उसे अपनी बाहों में भरने के लिये व्याकुल हो!"

इसी मिट्टी की गोद में खेलकर हम बड़े हुए! बचपन की सुहानी यादें आज भी, जेहन में वैसे ही तरो-ताजा हैं।

जिस दिन मेरा आई एससी का रिजल्ट आया था! ठीक उसी शाम पापा के ट्रांसफर की खबर आई! जिसे सुनकर हम भाई-बहन खुशी से उछल पड़े थे।

अरे वाह...हम लोग दिल्ली जा रहे हैं। वहाँ खूब मज़ा करेंगे।

अब कॉलेज की पढ़ाई डी यू से होगी।

तुम्हें पता है सूरज?

वहाँ पूरी दुनिया से स्टूडेंट्स आते हैं?

सूरज को छेड़ने के अंदाज़ से बोल पडी..

हाँ...हाँ...

तो क्या हुआ?

अपने डर को छुपाते हुए वो बोला..

उनसे कम्पीट करने के लिए बहुत पढ़ना पड़ेगा बच्चू....

वो सोच में पड़ गया। क्योंकि उसका मन पढ़ने में कम, खेलकूद में ज्यादा लगता था।

तब तो मैं दून में ही पढ़ूंगा, दी

सूरज ने उदासी भरे स्वर में जवाब दिया

और मैं सोचने लगी, कि...

"जब कोई चीज हमें आसानी से उपलब्ध होती है, तो हम उसकी कद्र नहीं करते। पर जब वो हमसे दूर चली जाती है, तब हमें उसकी अहमियत पता चलती है।"

अभी हम यंग हैं। महानगर दिल्ली की चकाचौंध हमें आकर्षित कर रही है। पर क्या पीछे छूट रहा है, इसका तनिक भी अंदाजा नही है!

हम लोग देहरादून से दिल्ली शिफ्ट हो गए। आगे की पढ़ाई मिरांडा हाउस से हुई। फ़िर पापा ने एक होनहार लड़का देख कर शादी भी कर दी।

मैं फिर से जी रही थी अपने अतीत को, तभी बाहर से बाइक की आवाज़ आई...

डग..डग..डग...

और मेरी तन्द्रा टूट गई।

शायद...वो आ गया...वो आ गया...

शाम से तैयार होकर, मैं उसी के इंतजार में थी..

डोर बेल बजने से पहले ही दरवाज़ा खोल दिया।

सामने अरुण था, उसने एक नजर मुझ पर ड़ाली और बिना कुछ बोले अपने रूम में चला गया।

मैं सोच में पड गई...

अरे...इन्हें क्या हुआ?

पतिदेव ने ऑफिस बैग कमरे में रखा और मुँह हाथ धोकर फटाफट तैयार हो गए। फ़िर मेरी कवर्ड खोल कर, आसमानी रंग की बनारसी साड़ी निकाली और पास आकर मुझे देते हुए बोले...

सुनो, तुम इसके साथ शादी वाला गोल्डेन सेट पहनना, बहुत जंचता है तुम पर...

मैं थोड़ा असमंजस में थी, इतनी भारी साड़ी और गोल्डेन सेट?

हम, कहीं शादी में जा रहे हैं?

वैसे भी मुझे वेस्टर्न ड्रेसेस जादा पसंद है। स्टूडेंट लाइफ से लूज शर्ट और जींस मेरा फेवरिट रहा है।

इसलिये साड़ी पहनना और सम्हालना?

"ना बाबा ना"....

पर पतिदेव का हुक्म है, मानना तो पड़ेगा।

मैं जल्दी-जल्दी तैयार होकर बाहर आई! देखा, अरुण कार में मेरी प्रतीक्षा कर रहे हैं!

आइए...मैडम...

उन्होंने मुस्कराते हुए, बैठने का इशारा किया! मैं एक बार फिर उनके मनमोहक अंदाज पर फ़िदा हो गई!

वैसे भी वो किसी की तारीफ जुबां से नहीं करते! उनकी समुंदर सी गहरी आखों में डूबकर, उन्हें पढ़ना पड़ता है!

सच है...

"प्रेम शब्दों में नहीं होता, प्रेम शब्दों के बीच के अंतराल में होता है! सच्चा प्रेम एक मौन एहसास है! जिसे हम देख नही सकते, सिर्फ महसूस कर सकते है!"

जैसे- जैसे हमारी कार लांडोर के घुमावदार पहाड़ी रास्ते पर धीमी गति से ऊपर चढ़ रही है। मेरी उत्सुकता बढ़ती जा रही है।

मसूरी से लांडोर का सफ़र बेहद सुहाना है! बर्फ जैसे सफेद बादलों से बातें करते गगनचुंबी पहाड़, सड़क के दोनों ओर आसमां छूते देवदार के वृक्ष, तेज हवा में झूलती डालियों के बीच से छन-छन कर आती ठंडी बयार, वन-विहार करते पक्षियों का कलरव... सब मिलकर ऐसा मधुरम कर्ण प्रिय संगीत छेड़ रहे हैं! कि हमारा रोम-रोम प्रफुल्लित हो रहा है!

वैसे भी यार..

"Mountains have my heart"...

वहाँ पहुंचकर हम सारी दुनिया भूल जाते हैं!

सुबह से "सरप्राइज" की प्रतीक्षा में थी! पर इस दिव्य अनुभूति ने सब भुला दिया!

आख़िर हम लांडोर पहुंच ही गए। हमारी गाड़ी एक बड़े से बंगले के गेट पर जाकर रुक गई।

सिक्युरिटी गॉर्ड ने अरुण को देखते ही पहचान लिया और गेट खोल दिया! ड्राइवर ने गाड़ी पार्क की और हम मुख्य द्वार से लिविंग रूम में दाखिल हो गए।

देखा, लिविंग रूम के कॉर्नर में रिलैक्सिंग काउच पर एक बेहद खूबसूरत महिला बैठी है और कोई बुक पढ़ रही है! उनके चेहरे पर एक अलग किस्म का तेज़ है!

हमारी आहट पाकर उन्होंने नजरें उठाई और अपनी स्नेहसिक्त मुस्कान से हमारा स्वागत किया! अरुण ने आगे बढ़कर उनके पैर छुए! मैंने भी उन्हें फॉलो किया! फ़िर उनके इशारे पर हम बगल के सोफ़े पर बैठ गए!

कितने दिन बाद आये तुम?

थोड़ी ऑफिस की व्यस्तता थी 'मां'...

अरुण के मुंह से 'मां' शब्द सुन कर मुझे ऐसा लगा कि जरूर कोई करीबी रिश्ता है इनसे।

अरे बेटा... मैं कब से अपनी बहू की राह देख रही थी!

फ़िर रामू काका को पुकारते हुए बोली...

अरुण भैया, बहू के साथ पहली बार घर आए हैं!

उनका मुंह तो मीठा करवाइए?

जी, हजूर...

बोलते हुए वो अंदर रसोई में चले गए!!

आंटी से हम लोगों की कुछ औपचारिक बातें हुई! तब तक चाय आ चुकी थी! हम चाय पी ही रहे थे, कि अचानक कंधे पर बैकपैक लटकाए दो लोग अंदर दाखिल हुए! मैंने सोचा आंटी के बेटे हैं! पर अरुण ने उन दोनों को मुझसे जुबिन और सचिन कहकर मिलवाया! इतने में एक लड़की भी अंदर आई, सुनिधि..

सबसे हेलो करके, वो लोग ऊपर, अपने- अपने रूम में चले गए!

तभी आंटी ने बोला..

अरुण, बहू को "अपना घर" नहीं दिखाओगे?

जी, जरूर...

और हम दोनों सोफ़े से उठ खड़े हुए!

अरुण सीढी की ओर बढ़े, मैं उनके पीछे हो ली! पलटकर देखा तो रामू काका भी चाबी का गुच्छा लिए हमारे पीछे-पीछे सीढ़ी चढ़ रहे थे!

ऊपर पहुंच कर, काका ने एक बड़े से कमरे का लॉक खोला और बोले....आइए बहू जी, यह बड़े भैया का कमरा है, और बगल वाला छोटे भैया का। कमरे की साज सज्जा तो देखने लायक थी! मैं मंत्र मुग्ध सी खड़ी हो गई।

अरे वाह...कितना सुंदर बेडरूम है। ऐसा लग रहा था जैसे किसी फाइव स्टार होटल मे पहुंच गये है। कमरे को बेहद मॉडर्न तरीके से सजाया गया है! दीवारों पर खूबसूरत पेंटिंग्स और कोलाज लगे हुए हैं! पर बेड पर सिलवटें नही दिखाई दी! उत्सुकतावश अरुण से पूछ बैठी...

आंटी की फैमिली?

अभी बताता हूं...

शायद काका के सामने, मेरा सवाल करना उचित नही था!

काका, कमरे लॉक कर के नीचे चले गए और हम दोनों ऊपर सेकंड फ्लोर में आ गए! आज आसमान खुला हुआ है! अरुण के कमरे की बालकनी से दूर बर्फ से ढ़की हिमालयन माउंटेंस दिख रही थी! हम स्वर्गारोहणी, बंदरपूछ, गंगोत्री, यमुनोत्री, केदार नाथ पीक्स को पहचानने की कोशिश कर रहे थे।

तभी अरुण को याद आया....

अनु, तुम कुछ पूछ रही थी ना?

जी...

अरे...आंटी अकेली नही हैं! उनके दो प्यारे से बेटे हैं, जो अमेरिका में वेल सेटल हैं! 2-3 साल के अंतराल में, भारत आते रहते हैं! वो उन दोनों से बेहद प्यार करती हैं! उनके कमरों में कोई PG नहीं रखती! हमेशा बंद रखती हैं, बस साफ़ सफाई के लिए खोला जाता है!

लंबी कहानी है, अनु...

अंकल आर्मी में थे, उन्होंने इस घर को "हॉलीडे होम" की तरह बनवाया था! पहाड़ों से बेहद लगाव था उन्हें! छुट्टियों में वह अक्सर यहां आते और पुनः रिजुविनेट होकर वापिस देश की रक्षा के लिए सरहद पर चले जाते! यहां के प्राकृतिक शांतिमय वातावरण और सीधे-सादे पहाड़ी लोगों के बीच, वो खुद को जीवंत महसूस करते थे!

इसीलिए रिटायरमेंट के बाद उन्होंने लांडोर में ही रहने का निर्णय लिया! और खुद को, देवभूमि के जरूरतमंद लोगों की सेवा में समर्पित कर दिया! पर कुदरत को शायद कुछ और मंजूर था!

एक दिन अचानक, वो बाथरूम में स्लिप कर गए और उनका ब्रेन हेमरेज हो गया। अस्पताल के रास्ते में ही...वो नहीं रहे!

आंटी के ऊपर तो जैसे दुखों का पहाड़ टूट पड़ा! क्योंकि वे दोनों एक अच्छे पति-पत्नी ही नही, बल्कि एक अच्छे दोस्त भी थे! करीब 25 वर्ष पहले उन दोनों की लव मैरिज हुई थी! आज भी उनका प्यार, उतना ही तरो-ताजा था!

देखो अनु?

"किसी भी रिश्ते की शुरुवात भले प्रेम से हुई हो, पर वो लंबा तभी चलता है, जब उसकी नींव परस्पर सम्मान, विश्वास और समर्पण पर टिकी हो!"

हाँ..."एक दूसरे को वक़्त देना भी बेहद जरूरी होता है!"

तुम कहोगी, मैं भावुकता वश ऐसा बोल रहा हूं, पर ये सत्य है!

"आंटी की ज़िंदगी, स्वयं में एक किताब है!"

अंकिल की यादें उन्हें बेज़ान कर रहीं थी! उनकी रातों की नींद गायब हो गई और वो धीरे-धीरे डिप्रेशन की ओर जाने लगी! उस समय उनके दोनों बेटे यही थे! मां

की ऐसी हालत देख कर चिंतित हो गए और उन्हें जिद करके अपने साथ अमेरिका ले गए!

वो यहां से जाना नहीं चाहती थी, क्योंकि इस घर के कोने-कोने में उन्हें अंकल की उपस्थिति का एहसास होता! उनकी तस्वीर में, उनके कपड़ों में, उनकी खुशबू महसूस होती!

वो मन मारकर चली तो गईं! पर उनके दो महीने, न्यूयॉर्क में कैसे बीते? सिर्फ़ ख़ुदा जानता है...

उनके बेटे-बहू दोनों वर्किंग हैं! उनके पास वक़्त कहाँ? जो माँ के साथ बैठते, उनसे प्यार भरी बातें करते! रही बात पोते-पोती की, वो तो अमेरिका में ही पैदा हुए, वहीं पले-बढ़े...फ़िर भारत आकर, दादा-दादी के साथ, कभी समय भी तो नहीं बिताए?

इसलिये बच्चों से अपनेपन की उम्मीद करना निरर्थक है! ऐसे माहौल में भी, उन्होंने खुद को एडजस्ट करने की पूरी कोशिश की! पर वो नही कर पाईं! सबके साथ रहकर भी, अकेली ही रहीं!

"कभी-कभी महफ़िल में भी हम अकेले ही होते हैं"... अनु

हाँ, "हर व्यक्ति का अकेलापन कुछ नया, कुछ अलग जरूर होता है!"

"जब हमें भीड़ में भी किसी खास की कमी महसूस हो। तो समझ लो, कि वही व्यक्ति हमारे सबसे करीब है!"

अंकल के साथ गुज़ारे वक़्त की खूबसूरत यादें, आंटी को वापिस लांडोर खींच रही थी! उन्हें ऐसा महसूस होता, जैसे उनके प्रियतम की रूह पहाड़ों में विचरण कर रही है और मेरी प्रतीक्षा में है!

ये भी एक वैज्ञानिक तथ्य है कि, "एक वय पर पहुंच कर इंसान को शारीरिक भूख नहीं रहती, पर प्रेम की भूख तो हमेशा रहती है!"

किसी अपने का साथ, तो हर व्यक्ति को चाहिए! फ़िर चाहे वह एक अच्छा दोस्त ही क्यों न हो?

शायद यही वज़ह थी, वो वापिस इंडिया आ गई।

पर यहाँ आकर भी उन्हें सुकून नही मिला। इतना बड़ा घर उन्हें काटने दौड़ता! अंकल के वगैर सब खाली-खाली लगता! हर लम्हे उनकी कमी खलती! हमेशा उदास और खोई सी रहती! किसी काम में उनका दिल नही लग रहा था!

इस घर में, उनके केयर टेकर रामू काका परिवार सहित करीब 15 वर्षों से रह रहे है! वो लोग घर के सदस्य की तरह है! बेहद ईमानदार और मेहनती है! वो सब आंटी का खयाल रखते है और घर की जिम्मेदारी भी सम्हालते है! उनकी ऐसी हालत देखकर काका भी चिंतित हो गए! एक दिन हिम्मत करके आंटी से बोले...

मेम साब, आप ऐसे दुःखी रहेंगी तो साब की आत्मा को शांति कैसे मिलेगी?

वो ख़ामोश रही...पर काका की बात उनके दिल को छू गई! सोचने लगी, रामू सच कह रहा है! वो तो मुझे ख़ुद से ज्यादा प्यार करते थे! मेरी आँखों में कभी आँसू नही देख सकते थे! फ़िर उनकी रूह, मुझे इस हाल में देख कर..."कैसे खुश होगी"?

सामने लिविंग रूम की वाल पर टंगी, अंकल की तस्वीर को एकटक निहारते हुए, वो मन ही मन बुदबुदाई!

"अब मुझे अकेले जीना सीखना होगा! खुद को सम्हालना होगा! उनके अधूरे सपने को साकार करना होगा! तभी उनकी आत्मा खुश होगी!"

अचानक उनके माइंड में 'पी जी' खोलने का आइडिया क्लिक किया! और उन्होंने अपने "प्रीत के घरौंदे" को डिस्टर्ब किए बिना, बड़ी सी छत का उपयोग करते हुए, चार नए कमरे बनवाये! और अपने सबसे प्यारे दोस्त, यानि कि कर्नल साब के जन्मदिन, 23 जनवरी को, शुभ मुहूर्त में पी जी की शुरुवात करके, उन्हें जन्मदिन का सबसे अनमोल तोहफ़ा दे दिया!

घर के बाहर एक नया बोर्ड लग गया...

..."तुम्हारा आशियाना"...

अब अंकल की पेंशन से, वो घर खर्च चलाती हैं। और पी जी की इंकम से समाज के गरीब, असहाय लोगों की मदद करके, उनका अधूरा ख़्वाब पूरा कर रही हैं! यही उनके जीवन का "फील गुड फैक्टर" बन गया है!

समाज के सभी लोग, इस नेक काम में उनका सहयोग करते है! पूरे landour की सबसे प्यारी दीदी हैं वो!

सबसे बड़ी बात, उन्हें कभी उदास नही देखा! हमेशा लोगों के बीच प्यार और मुस्कराहट बिखेरती हुई नजर आती हैं! और हम सभी का खयाल, बिल्कुल फॅमिली मेंबर की तरह रखती हैं!

हाँ, उनके कुछ उसूल ज़रूर हैं! जिनका पालन यहाँ रहने वाले हर व्यक्ति को करना पड़ता है! वो रखने से पहले, उस व्यक्ति का इंटरव्यू लेती हैं! और घर के सारे नियम बता देती हैं! अगर उसे मंजूर होता है, तभी वो यहाँ रह सकता है! उनका बेशुमार प्यार ही है, कि आज हम सब उनके 'परिवार का अटूट हिस्सा' बन गए हैं!

इतने में, नीचे से...

टिन-टिन-टिन..की आवाज आई

अरुण बोलते हुए थम सा गया

नीचे उतरे तो देखा, सब लोग डायनिंग टेबल पर इकट्ठे हो रहे हैं! इस घर का नियम है, शाम की चाय सब साथ पीते हैं!

अरे वाह...गरमा-गरम पकौड़े और अदरक वाली चाय...

देखते ही मुँह में पानी आ गया!

पर यहाँ तो 'इतने प्यारे दोस्त' भी हैं! आज चाय का मज़ा चौगुना हो जाएगा!

टेबल पर बैठते ही, सबने 'अपनी दिनचर्या' आंटी के साथ शेयर करी! और रिलैक्स मूड में हम सब, चाय पीते हुए बातचीत करने लगे!

इतना अपनापन?

हम मन ही मन सोचने लगे, कि

"हर व्यक्ति के पास एक ऐसा दोस्त जरूर होना चाहिए! जिसके साथ वो अपने मन की सारी बातें शेयर कर सके! तो ज़िंदगी बेहद आसान हो जाती है!"

आज मुझे ऐसा महसूस हुआ, जैसे मैं किसी नई दुनिया में आ गई हूँ! उस महफ़िल में, केवल मैं ही नई थी, अरुण तो पहले से ही जानते थे सबको! जब आंटी ने "अरुण की अरुणिमा" कह कर, मुझे सबसे इंट्रोड्यूस कराया, तो मेरा रोम-रोम खिल उठा!

इवनिंग टी के बाद हम लोग लाबी में आ गए! ये हर शाम का रिचुवल है! घर के सभी लोग यहाँ बैठ कर म्यूजिक का आनंद लेते हैं! एक घंटे का म्यूजिक सेशन हर रोज़ होता है! देखा, जुबिन गिटार के साथ स्टेज पर पहुंच चुके हैं! सुना है, उनकी आवाज़ बेहद प्यारी है और गिटार भी अच्छा बजाते हैं! सचिन उन्हें संगत दे रहे हैं!

जैसे ही, जुबिन ने डूबकर गाना शुरू किया...

"बहुत आई गई यादें, मगर इस बार तुम्हीं आना"...

आंटी की आँखे बरबस ही बरस पडी...वक़्त वहीं ठहर सा गया! एक घंटे कब बीत गए, पता ही नहीं चला! जुबिन की सोलफुल वॉयस ने हम सबको भाव-विभोर कर दिया।

डिनर टाइम हो चुका था! हम लोग डायनिंग हाल की तरफ़ चल पड़े! देखा, रामू काका टेबल पर खाना लगा रहे हैं! खाना खाकर दिल खुश हो गया! काका के हाथ में सच में जादू है!

आज पता चला कि "भोजन में स्वाद तेल मशालें से नहीं, बल्कि प्रेम की छौंकन से आता है!"

डायनिंग टेबल पर, आंटी और जुबिन के बीच, एक अलग किस्म की केमिस्ट्री नजर आई! उनकी ख़ामोश निगाहें आपस में गुफ़्तगू कर रही थी! बातचीत के दौरान पता चला कि जुबिन एक प्रोफेशनल सिंगर हैं, और सोशल वर्क में आंटी का हाथ बटाते हैं!

"उनकी सोलफुल वॉयस, आंटी की 'इनर स्ट्रेंथ' है और म्यूजिक उनका 'बिग मोटीवेटर'!"

"स्वर साधना" उन्हें अपने साथ किसी और दुनिया में ले जाती है! वे दोनो बहुत अच्छे दोस्त भी हैं!

"बस और क्या चाहिए, ज़िंदगी में"?

हाँ..."हम सबके जीवन में, कोई एक व्यक्ति ऐसा जरूर होना चाहिए, जिसके गले लग के, हमारे भीतर ज़मी सारी बर्फ़ पिघल जाये! जिसके कंधे पर सर रखकर, हम घर जैसा महसूस करें!"

"जीने के लिए...बस इतना ही काफी है।"

रात के 10 बज रहे थे! पर घर वापिस आने का मन नहीं कर रहा था! आंटी की मनमोहक मुस्कान और जुबिन की दिलकश आवाज़ ने हमारा दिल जीत लिया!

सबसे विदा लेकर, हम आंटी के पास पहुंचे! उन्होंने मुझे एक गिफ्ट पैक पकड़ाया और मुस्कराते हुए बोली,

साड़ी है तुम्हारे लियें...तुम्हें पसंद आएगी!

उनके स्नेहसिक्त आग्रह को हम टाल नहीं सके! फिर वो हमें बाहर तक छोड़ने आई! और सजल नेत्रों से, विदा करते हुए बोली...

अरुण, "अपने घर आते रहना"...

वापिस मंसूरी पहुंच गए, पर अभी भी आंटी के बारे में सोच रहे हैं, कि कैसे, उन्होंने अपनी 'जिजीविषा' से ज़िंदगी की शाम को उत्सव में बदल दिया!

एक और फैसला

बेहद दर्दनाक सड़क हादसा...

भयंकर सड़क हादसे में घायल बाइक सवार की हालत नाजुक...

कल शाम से लगातार यही खबर 'दूरदर्शन उत्तराखंड' के सभी न्यूज चैनलों पर प्रमुखता से प्रसारित हो रही थी! बार-बार सुनकर और घटना स्थल की दर्दनाक तस्वीरें देखकर हृदय विचलित हो गया! सोचने लगे कि हरिद्वार में तो, वो लोग भी रहते हैं...पता नहीं किसके साथ हुआ?

कैसे पता करें? किससे पूछें?

इसी उधेड़बुन में फंसे रहे और सारी रात नींद नही आई! एक अजीब सी बेचैनी थी मन में! सुबह का इंतजार करते रहे, शायद न्यूजपेपर से कुछ पता चले?

बालकनी से कुछ आहट मिली ...शायद हॉकर ने पेपर फेंका होगा?

पेपर खोलते ही... फ्रंट पेज की हेड लाइन यही थी...

उत्तराखण्ड समाचार...

हरिद्वार ब्यूरो सम्वाददाता...कल शाम 5 बजे रुड़की - हरिद्वार राजमार्ग पर, तेज रफ़्तार जीप ने, सामने से आ रही बुलेट मोटर साइकिल को, इतनी जोर से टक्कर मारी कि उसके इम्पैक्ट से बाइक पर सवार दोनों नवयुवक सड़क पर घिसटते हुए काफी दूर तक चले गए! फोर लेन सड़क का निर्माण हो रहा है, गिट्टी बिखरी पडी थी, उसकी रगड से उनका शरीर लहू-लुहान हो गया! इसी बीच मौका पाकर जीप का ड्राइवर गाड़ी लेकर भाग निकला! थाने में FIR दर्ज हो गई है! हरिद्वार पुलिस, जीप और उसके चालक की तलाश मे है!

दुर्घटना के चंद मिनट बाद, एक होंडा सिटी वहाँ से गुजर रही थी! घायलों की हालत देख कर, कार मालिक ने ड्राइवर से गाड़ी रोकने को कहा! और शीघ्रता से, उन्हें उठाकर कार की पिछली सीट पर लिटाया और सीधे हॉस्पिटल ले गए! घायलों को मैक्स हॉस्पिटल, देहरादून के इमर्जेंसी वार्ड में भर्ती किया गया है! दोनों नवयुवकों की हालत अभी भी चिंताजनक बताई जा रही है!

उनमें से एक की हालत बेहद नाजुक है! उसके सिर पर गहरी चोट आई है और लगातार खून बह रहा है! पुलिस वालों ने मोबाइल नंबर खोज कर, उसके घर वालों को खबर कर दी है! उसके ICard से पता चला कि घायल का नाम 'सिद्धार्थ' है! वो मैक्स लाइफ में मार्केटिंग मैनेजर है! बाइक वही चला रहा था, उसका

दोस्त पीछे बैठा था! दोनों किसी केस के सिलसिले में रुड़की गये हुए थे! वहीं से वापिस हरिद्वार लौट रहे थे!

सिद्धार्थ का नाम आते ही, हम बुरी तरह घबरा गए! वो हमारी दोस्त का इकलौता बेटा है! पिछले कई वर्षों से जानते हैं, उन लोगों को! बेहद मिलनसार और नेक दिल इंसान है! बरबस ही आंखें बरस पडी! पर उसकी माँ को फोन करने की हिम्मत नहीं जुटा पाये! ईश्वर से उसकी सलामती की दुआ मांगने लगे! झपकी जैसी आ गई और अतीत की स्मृतियों में खो गए...

अभी 23 जून, 2021 की ही बात है! जब सिद्धार्थ और श्वेता की शादी बड़े धूमधाम से हरिद्वार में हुई थी! उनकी शादी में हम भी शरीक हुए थे! परिवार के सभी लोग श्वेता जैसी पढ़ी लिखी और खूबसूरत बहू पाकर बेहद खुश थे!

सिद्धार्थ की फॅमिली में कुल जमा 3 लोग हैं! उसके फादर तो बचपन में ही गुजर गए थे! माँ ने ही सिद्धार्थ और मेघा को पाल पोष कर बड़ा किया! बाप-दादा की छोड़ी हुई, जमीन-जायदाद है! इसलिए किसी भी तरह की फाइनेंसियल क्राइसिस नहीं हुई! रहने के लिए अपना घर था ही!

सिद्धार्थ और श्वेता की शादी, कोई अरेंज मैरिज नहीं थी, बल्कि लव मैरिज थी! बेटे की खुशी में, अपनी खुशी मानकर, उसकी माँ ने इस रिश्ते को दिल से स्वीकार किया था!

हाँ, सिद्धार्थ को श्वेता से प्रेम था या सहानुभूति? ये कहना थोड़ा मुश्किल है....

उनकी पहली मुलाकात हरिद्वार में, सिद्धपीठ मां मनसा देवी मंदिर में हुई थी! जो हिमालय की सबसे दक्षिणी पर्वत श्रृंखला, शिवालिक पहाड़ियों पर, बिल्व पर्वत के ऊपर स्थित है। जिसे बिल्वा तीर्थ के नाम से भी जाना जाता है और हरिद्वार के पंच तीर्थों में से एक है"।

उन दिनों नवरात्रि का मेला चल रहा था! और मां के दरबार में भक्तों का तांता लगा हुआ था! लोग ब्रम्हमुहूर्त में मंदिर पहुंचकर द्वार पर लाइन लगाकर खड़े हो जाते हैं! श्वेता को भी लाइन में खड़े तीन घंटे बीत चुके थे! पर अभी तक नंबर नही आया! जून का महीना और सर पर जलते सूरज की तपिश...वो इतनी तेज धूप बर्दाश्त नहीं कर पाई और बेहोश होकर गिर पडी! सौभाग्य से सिद्धार्थ, लाइन में उसके पीछे ही खड़ा था! उसने श्वेता को जमीन से उठा कर बगल की बेंच पर लिटा दिया और चेहरे पर पानी के छींटे मार होश में लाने की कोशिश करने लगा! थोड़ी देर में उसे होश तो आ गया, पर कमजोरी की वज़ह से बेंच से उठ नही पा रही! उसका सुकोमल चेहरा मुरझा सा गया है! उसे देखकर ऐसा लगता है, जैसे वो किसी बात को लेकर काफी परेशान है!

"वैसे देखा जाये, तो इस दुनिया में हर व्यक्ति किसी न किसी बात को लेकर परेशान है! पर हर व्यक्ति की परेशानी की वजह अलग-अलग है!"

सिद्धार्थ ने उसे सहारा देकर उठाया और रोप वे से वापिस नीचे ले गया!

मंदिर से नीचे आकर, श्वेता बोली...

प्लीज, आप ऊपर जाकर, मां के दर्शन कर लीजिये, हमारी वज़ह से आप भी दर्शन से वंचित रह गए! हम ऑटो लेकर घर चले जाएंगे!

श्वेता जी, आप इस हालत में नही हैं, कि अकेले ऑटो से घर जाएँ! मैं दो मिनट में पार्किंग से कार लेकर आता हूँ, आप यहीं इंतजार करें!

सिद्घार्थ, मानवता के नाते उसे कमरे तक छोड़ने गया! और पहली मुलाकात में ही, उसकी अप्रतिम सुंदरता पर फिदा हो गया!

श्वेता, है ही, इतनी सुंदर..तराशे हुए नाक नक्स, गुलाब की पंखुड़ियों जैसे होठ, दूधिया रंग और चमकीली शरारती आंखें, जो भी उसे देखता है, मंत्रमुग्ध हो जाता है! ईश्वर ने उसे फुर्सत से बनाया है! जैसे कोई मूर्ति गढकर रख दी हो! उसकी मुस्कान तो सबसे ज्यादा मारक है!

"महाशय, उस पर ऐसे मोहित हुए कि पहली नजर में ही "दिल दे बैठे".

उसके होम स्टे में पहुंचकर उसे सेटल किया और कमरे से बाहर जाने लगा! पर उसके बारे में और जानने

की ललक से खुद को रोक नहीं पाया... पलटकर पूछ ही लिया...

आप अकेली आई है हरिद्वार?

...साथ में कोई और भी है?

.... कैसे संभालेंगी खुद को?

पहले तो श्वेता ने चुप रहकर इस प्रश्न को टालना चाहा! फिर आहिस्ता से बोली...

"मैं मैनेज कर लूंगी, आप फिक्र न करें"

बात फिक्र की नही है, मैं तो बस इतना चाहता हूं, कि मेरे रहते आपको कोई परेशानी न हो!

"किसी अजनबी से इतना अपनापन पाकर, श्वेता के भीतर ज़मी बर्फ पिघलने लगी! और आंखों से बह निकली! इन्ही अश्कों के साथ, दिल में छुपे दर्द की अनकही दास्तान भी बाहर आ गई!"

हम दोनों एक ही कंपनी में काम करते थे! रोज ही एक दूसरे से टकरा जाते...धीरे-धीरे दोस्ती हो गई! एक दिन ऑफिस छूटने के बाद, उसने मुझे कॉफी के लिए इनवाइट किया और मैं मना नही कर पाई! कहीं न कहीं, मैं भी उसकी हैंडसम पर्सनालिटी और इंटेलिजेंस की कायल थी! कॉफी के बाद, उसने मुझे घर ड्रॉप कर दिया! इसके बाद, हमारी ज्यादातर शामें साथ बीतने

लगी। अगर ज्यादा देर हो जाती, तो वो अपनी होंडा सिटी से, मुझे घर ड्रॉप कर देता!

उस दिन भी, वो मुझे छोड़ने ही आया था। मैंने गाड़ी से उतरते समय, उसे कॉफी के लिए अंदर आने को कहा! लिविंग रूम में बैठा कर, मैं किचन में चली गई! और फटाफट दो कप कॉफी बना कर ले आई! सोफ़े पर आमने-सामने बैठकर, हम काफी पीने लगे! उसने मुझे अपने पास बैठने का इशारा किया और फिर अपनी ओर खींच कर, अपने थरथराते होंठ, मेरे होठों पर रख दिए! उसके हाथ मेरे उरेजो पर थे! और दो अनियंत्रित, उन्मुक्त शरीर, एक दूसरे की ज़द में आकर, खुद को रोक नही पाये और पूरी तरह एक-दूसरे में समाहित हो गए! इस घटना के बाद हमारी फिजिकल नीड्स बार-बार मिलने के लिए बाध्य करने लगी! इसलिए हमने साथ रहने का निर्णय लिया और टू बीएचके फ्लैट रेंट पर लेकर "लिव इन" में रहने लगे!

"मैं उसे बेहद प्यार करती थी और खुद से ज्यादा भरोसा"...साथ रहते करीब सिक्स मंथ बीत चुके थे! पिछले महीने, जब मेरा 'मंथली रूटीन' डिस्टर्ब हुआ, तो मुझे चिंता हुई! डॉक्टर ने टेस्ट कराया, वो पॉजिटिव निकला! शाम को घर आकर मैंने उसे खुशखबरी दी....

सुनो, अब हम दोनों को शादी कर लेनी चाहिए...

वो इतना सुनते ही भड़क उठा...

"मैं अभी शादी के लिए बिल्कुल तैयार नहीं हूं! और न ही तुम्हारे बच्चे को पालने के लिए...बेहतर है इस किस्से को यहीं खत्म कर दो"...

उसकी बात सुनकर मेरे "पैरों तले जमीन खिसक गई"! मैं अपने कोख में पल रही "एक ज़िंदगी" को खत्म करने के पक्ष में बिल्कुल भी नहीं थी! इसी बात को लेकर हमारे बीच लड़ाई झगड़े शुरू हो गए! और फिर एक दिन जब मैं ऑफिस में थी! वो घर आया और अपना बोरिया-बिस्तर समेटकर गायब हो गया! और मेरा नंबर भी ब्लॉक कर दिया! सोशल मीडिया फेसबुक ट्विटर इंस्टाग्राम... हर जगह मुझे ब्लॉक कर दिया, जिससे मैं किसी भी तरह उस तक न पहुंच सकूँ! मैंने बहुत कोशिश की, उससे संपर्क करने की, उसे समझाने की, पर नाकाम रही!

मुझे कुछ समझ नहीं आ रहा था! कि किस मुंह से अपने माता-पिता से इतनी बड़ी बात शेयर करूँ! उस पर विश्वास करने की इतनी बड़ी सजा मिलेगी, कभी सोचा भी नहीं था! एक बार मन हुआ कि खुद को खत्म कर दूँ, फिर सोचा इस मासूम का क्या कसूर है, इसने तो अभी बाहर की दुनिया में कदम भी नही रखा! और मैं खुदगर्ज अपने साथ, इसे भी खत्म कर दूँ?

"इससे बड़ा पाप और क्या होगा"?

मेरे अंतःकरण में, अनगिनत अच्छे-बुरे विचारों का तूफान खड़ा हो गया!

वो अपना जॉब छोड़ कर...कहां गया? किसी को नहीं मालूम?

मुझे लगा, कुछ दिन के लिए छुट्टी लेकर हरिद्वार चलते हैं!

क्या पता? ईश्वर की कृपा से कोई राह निकल आए?

बस्स....

उसकी कहानी सुनकर सिद्धार्थ का हृदय द्रवित हो गया!

"वह एक मॉडर्न ख्यालों का युवा है! उसने श्वेता को समझाने की कोशिश की! आप अपने माता-पिता को बता दीजिए और घर वापस चली जाइए! कम से कम वहां आपकी देखभाल तो होगी! इस हालत में यहां अकेले रहना, बिल्कुल ठीक नहीं है! फिर चलते समय अपना फोन नंबर उसे दिया और बोला, आपको किसी भी तरह की, कोई भी जरूरत हो, तो आप मुझे बेझिझक कॉल कर सकती हैं!"

सिद्धार्थ, वापिस अपने फ्लैट में आ गया, पर उसे चैन नहीं मिल रहा था! श्वेता का मुरझाया हुआ चेहरा और उसकी बेबसी, आंखों के सामने बरबस ही घूम जाती! जब उससे नही रहा गया, तो खुद ही रात में, फोन करके हाल-चाल लिया! इस तरह उन दोनों नही फोन पर रेगुलर बातचीत होने लगी! धीरे-धीरे उनकी मुलाकातों का सिलसिला शुरू हो गया! जब तक वो

हरिद्वार में रही, करीब-करीब रोज ही मिलते और गंगा तट पर बैठ घंटों बातें करते! कभी-कभी चुपचाप एक दूसरे को निहारते रहते! श्वेता के दिल्ली वापिस जाने के बाद भी, उनका संपर्क बना रहा!

जैसे-जैसे प्रेगनेंसी का टाइम आगे बढ़ रहा है! श्वेता की घबराहट और बेचैनी भी बढ़ती जा रही है! एक ही प्रश्न, बार-बार उसके जेहन में उठ रहा है, कि इस नन्ही सी जान को, मैं लाना तो चाहती हूं, इस दुनिया में! पर जब हमारे "समाज के ठेकेदार" मुझसे पूछेंगे...किसका बच्चा है..?

तो मैं क्या जवाब दूंगी?

मुझे लगता है कि खुद को खत्म कर दूँ! इस बेदर्द दुनिया की घूरती आंखों और भद्दे तानों से बचने का, एक मात्र विकल्प यही है! जब भी वो ऐसी बातें करती, सिद्धार्थ डर जाता, क्योंकि उसे श्वेता से बेहद लगाव हो गया है!

एक दिन सिद्धार्थ ने कहा, आप किसी और से, शादी क्यों नहीं कर लेती?

...कौन करेगा मुझसे शादी?

ये जानते हुए, कि मैं किसी और के बच्चे की मां बनने वाली हूं? कौन एक्सेप्ट करेगा मुझे?

...."मैं झूठ की नीव पर अपना रिश्ता कायम नहीं करना चाहती". श्वेता ने एक लंबी साँस भरते हुए कहा...

अरे, इक्कीसवीं सदी चल रही है। आज के युवा आधुनिक ख्यालों के हैं! ऊपर से आप इतनी खूबसूरत हैं, पढ़ी लिखी हैं और अच्छे जॉब में है! कोई भी आपसे शादी करने को तैयार हो जाएगा!

पहले तो श्वेता, उसकी बात सुनकर ख़ामोश रही। जब सिद्धार्थ ने दोबारा रिपीट किया!

तो धीरे से बोली...

अच्छा, आप करेंगे मुझसे शादी?

सब कुछ जानते हुए भी?

वो एकदम सन्नाटे में आ गया! सोचने लगा, कि मेरे कंधों पर पूरे घर की जिम्मेदारी है! 10 वर्ष का था, तभी पिता को खो दिया! एक छोटी बहन है जो अभी पढ़ रही है! उसकी शादी भी करनी है! मैं अकेले कमाने वाला, फिर मां की सहमति के बिना...ये कैसे सम्भव है..?

थोड़ी देर सोचने के बाद बोला...

"अच्छा ठीक है"...

"मुझे थोड़ा वक़्त दो...मां से बात करके बताता हूं!"

उसने श्वेता को अपनी माँ, बहन से मिलवाने के लिए, फिर से हरिद्वार बुलाया! और सारी बातें, अपनी मां से साफ-साफ बयां कर दी!

सुनते ही, वो क्रोध में आकर बोली....

तेरा दिमाग तो नहीं ख़राब हो गया?

कैसी बातें कर रहा है?

"बच्चा किसी और का, और शादी तू कर रहा है"?

माँ, प्लीज समझने की कोशिश करो...

"किसी की ज़िंदगी का सवाल है"...और एक नहीं, दो-दो ज़िंदगी.... दांव पर हैं...

कल को उसने सूइसाइड कर लिया, तो दोनों जिंदगियां एक साथ खत्म हो जाएगी....मैं दुखी मन से बोल पड़ा!

माँ, वो अच्छी लड़की है, पढ़ी-लिखी है, मुझे पसंद है और मैं उससे प्यार भी करता हूं!

प्लीज माँ, मेरी खुशी के लिए, आप 'हां' कर दीजिए!

आखिर "बेटे की जिद के आगे माँ को झुकना पडा"! और 23 जून को शुभ मुहूर्त में, आर्य समाज मंदिर हरिद्वार में, वैदिक मंत्रोच्चार के साथ उनकी शादी हो गयी! शादी के बाद श्वेता जॉब छोड़ कर दिल्ली से हरिद्वार आ गई!

जॉब छोड़कर, वो खुश नही थी...पर सिद्धार्थ ने उसे समझाया, कि कुछ ही महीनों की बात है, डिलिवरी के बाद तुम दूसरा जॉब ज्वाइन कर लेना!

...."उनकी ज़िंदगी में सब ठीक चल रहा था"....

पर 'होनी' को कौन टाल सकता है?

शादी के बाद कुछ ही महीने सुकून से बीते! फिर श्वेता को, सास-ननद का अक्सर हरिद्वार आकर, उनके साथ रहना, अखरने लगा! वो छोटी सी बात का बतंगड बनाकर, तूफान खड़ा कर देती! उसकी सासू मां, धार्मिक प्रवृत्ति की साधारण महिला हैं! उन्हें आजकल की बहुओं के नाज़नखरे उठाना नही आता! उनका पूजा पाठ हवन करना, श्वेता को अच्छा नहीं लगता और वो इसे गलत सेन्स में लेकर सिद्धार्थ से शिकायत करती!

सुनो..."मेरे होने वाले बच्चे पर जादू-टोना करती है", तुम्हारी मां....

घर की शांति बरकरार रहे, इसलिए वो सब जानते हुए भी चुप रह जाता! उससे कुछ न कहता...पर मां के साथ श्वेता का व्यवहार, दिन पर दिन बिगड़ता ही जा रहा है!

छठवें महीने तक हालात कुछ कंट्रोल में थे! जैसे ही सातवां शुरू हुआ, तो मैंने कहा...

चलो, तुम्हे माँ के पास ले चलते हैं! वहां पर सब लोग तुम्हारा ख्याल रखेंगे!

सुनते ही श्वेता भड़क उठी, पता नहीं कहां से उसके माइंड में ये बहम पैदा हो गया है! कि मेरी मां, बच्चे के लिए दुआ नहीं, बद्दुआ मांगती रहती है! वैसे इसकी दूसरी वज़ह 'उसकी माँ' भी हो सकती है! जिसे वो हरिद्वार बुलाना चाहती थी और मैंने मना कर दिया था!

क्या-क्या बताऊँ आपको?

मेरे ऊपर अपने घर की भी जिम्मेदारी है! ये बात भी, श्वेता के "गले नही उतर रही"! हर रोज एक नया प्लान बनाती है!

चलो यार...कहीं घूम कर आते हैं! घर में घुसे-घुसे बोर हो गये हैं! मुझे थाईलैंड जाने का बड़ा मन है... चलोगे ना ?

"अरे बाबा, पहले इस नन्ही सी जान को तो आ जाने दो, फिर सब जगह चलेंगे, थाइलैंड, बैंकाक, स्विट्ज़रलैंड ...जहाँ भी कहोगी"

"सिद्धार्थ, ख्वाब में नही जीता, वो जानता है, अपनी लिमिट!" उसने श्वेता को समझाने की भरसक कोशिश की...

तुम्हे पता है ना? मेरी सैलरी कितनी है?

मेरे कंधों पर एक नहीं, दो-दो घरों की जिम्मेदारी है! मेघा का लास्ट सेमेस्टर चल रहा है! इसके बाद वो जॉब में आ जाएगी, तो कुछ राहत मिल सकती है! पर कितने दिन?

साल-दो साल बाद उसकी शादी भी तो करनी है?

तुम्ही बताओ? अगर घूमने-फिरने में इतना पैसा खर्च करेंगे?

तो फॅमिली रिस्पांसबिलिटीज कैसे निभाएंगे?

अभी तुम्हारी डिलीवरी होगी, उसमें भी तो खर्चे होगा?

शायद इन बातों का श्वेता पर कोई असर नही हुआ!

सिद्धार्थ ने दुबारा कोशिश की...

सुनो, आज मैंने ऑफिस से लीव ली है! तुम जरूरी समान पैक कर लो, रूड़की चलते हैं! तुम्हे छोड़कर मंडे मॉर्निंग वापिस आ जाऊँगा!

बिल्कुल भी नहीं...उस चुड़ैल के पास?

पता नहीं, क्या तंत्र-मंत्र करती रहती है! मेरे बच्चे को कुछ हो गया तो?

अब तुम हद से ज्यादा बोल रही हो! जो कुछ तुम्हारे मुंह में आता है, बोलती रहती हो! सिद्धार्थ का चेहरा गुस्से से लाल हो गया!

"जिसके लिए तुम अपशब्द बोल रही हो! उसी के बेटे ने, पूरी दुनिया को ताक पर रखकर, तुमसे शादी की! तुम्हे सम्मान जनक ज़िंदगी दी! तुम्हारे बच्चे को पिता का नाम दिया!"

एक तुम हो, कि मेरी मां को सम्मान देने की जगह, उन पर झूठमूठ का दोषारोपण करती रहती हो..?

सिद्धार्थ से उसकी बदतमीजी बर्दाश्त नही हुई! वो नाराज होकर, बिना कुछ कहे, घर से चला गया!

उसके जाने के कुछ ही देर बाद, श्वेता ने अपना सूटकेस उठाया और कॉलोनी के सिक्युरिटी गार्ड को, घर की चाबी देकर अपने मायके चली गई! ये सब इतनी जल्दी में हुआ, जैसे 'प्री प्लान्ड' हो!

सिद्धार्थ का गुस्सा शांत हुआ, तो वापिस घर आया! गेट पर गार्ड ने घर की चाबी देते हुए कहा...

साब...

मेम साब... मायके गई है!

लॉक खोल कर घर के अंदर दाखिल हुआ! सामने टेबल पर एक काग़ज़ पड़ा था! उठा कर देखा तो श्वेता की चिट्ठी थी!

खोलकर पढ़ने लगा...

"अपनी माँ की तरह, तुम भी मेरा भला नहीं चाहते! जबरदस्ती अपनी मां के पास भेजना चाहते हो! इसलिये मैं तुम्हारा घर छोड़कर अपनी मां के पास जा रही हूं! बच्चा भी वही होगा, तुम्हारे घर पर नहीं!"

मेरे पीछे आने की कोशिश मत करना....

"इस तरह श्वेता का घर छोड़ कर जाना, मुझे बिल्कुल अच्छा नहीं लगा! कई बार फोन पर संपर्क करने की कोशिश की, पर मोबाइल की घंटी बजती रही... फोन नही उठा! अपने एक मित्र के माध्यम से, उसे समझाने की कोशिश की, पर नाकाम रहा!"

"मेरा घर भी रुड़की में ही है! कुछ दिन पहले, माँ को कहीं से खबर मिली, कि बेटा हुआ है! हम लोगों की खुशी का ठिकाना नही रहा! सोचा जाकर देख आते हैं! नॉर्मल डिलिवरी है, घर आ गई होगी! खुद को रोक नहीं पाया और उनसे मिलने ससुराल पहुंच गया! डोर बेल बजाई, ससुर जी ने दरवाजा खोला और वहीं पर खड़े-खड़े मेरी ऐसी की तैसी कर डाली! मेरे मुँह पर भड़ाम से दरवाज़ा बंद कर दिया! बेइज्जत होकर वापिस लौट आया! माँ भी श्वेता से मिलने जाना चाहती थी! पर मैंने उन्हें वहाँ जाकर, अपनी इज्जत उतरवाने से मना किया! वापिस हरिद्वार आकर खुद को ही दोषी ठहराने लगा! शायद मैं ही जल्दबाजी में, बिना सोचे समझे, श्वेता के साथ ज़िंदगी बिताने का निर्णय कर बैठा!"

क्या सच में, मुझे "श्वेता से प्यार हुआ था"..?

"केवल करुणा और सहानुभूति तो नहीं"

ऐसे अनगिनत सवाल मेरे मन मष्तिष्क में कौंध उठे!

अचानक मोबाइल बज उठा...

टिन...टिन...टिन...

देखा, माँ का फोन...

हेलो...मां...क्या हुआ?

मां का गला रुंध सा गया है! वो बोल नही पा रही!

माँ, प्लीज बताइए...

पुलिस आई है घर पर...तुम्हे पूछ रही है?

पुलिस इंस्पेक्टर कह रहे हैं, कि आपकी बहू ने थाने में, आप लोगो के खिलाफ FIR दर्ज की है! दहेज के लिए उसे प्रताड़ित करने और जान से मारने की धमकी देने का, संगीन मामला दर्ज किया है! आप लोगों को हमारे साथ थाने चलना पड़ेगा!

उस दिन के बाद से...

"इस परिवार की खुशियों को जैसे ग्रहण लग गया!"

"अभी शादी का एक साल भी नहीं गुजरा और बर्बादी की शुरुआत हो गई"....

माँ की बात सुनकर, मैं समझ गया, कि श्वेता ने हम सबको ताउम्र जेल में चक्की पिसवाने का पूरा बंदोबस्त कर दिया है! घबराहट में अपने मित्र को फोन लगाया, और सारी बात बताई! वो दिल्ली हाई कोर्ट में लीडिंग लॉयर है!

उसने कहा, घबराने से काम नही चलेगा, हिम्मत रखो, "मैं हूँ तुम्हारे साथ"...

फॅमिली कोर्ट के वकील को तुम्हारे पास भेज रहा हूँ! वो मेरा दोस्त है, हर तरह से तुम्हारी मदद करेगा! अकेले थाने मत जाना, उसे साथ लेकर जाना!

उससे बात करके मेरी जान में जान आई!

बड़ी मुश्किल से, दूसरे दिन कोर्ट में, हम तीनों की पेशी हुई और ईश्वर की कृपा से ज़मानत मिल गई! सुनवाई के दौरान जज साहब को भी समझ आ गया, कि हमें दहेज के फर्जी केस में फंसाया गया है!

अपनी बौखलाहट में श्वेता ने, 'एक के बाद एक' तीन मुक़दमे, हमारे खिलाफ़ दर्ज कर दिये! जिनमें डायवर्स, प्रॉपर्टी में आधा हिस्सा और आधी सैलरी की डिमांड की गई है!

हर हफ्ते, किसी न किसी मुकदमे की तारीख लगती और मुझे ऑफिस से लीव लेकर कोर्ट में पेश होना पड़ता! सच पूछिये तो, रोज़ाना कोर्ट-कचहरी के चक्कर लगा कर इतना तंग आ गया हूँ, कि माइंड हर वक़्त डिस्ट्रैक्टेड रहता है! ऑफिस के किसी काम में मन नही लगता! विक्षिप्त की तरह 'हर की पैड़ी' पर बेवजह घूमता रहता हूँ!

मार्केटिंग का जॉब था मेरा...टार्गेट अचीव नही कर पाया और नौकरी से निकाल दिया गया! आमदनी का एक मात्र जरिया भी खत्म हो गया! मुकदमे में तारीख पर तारीख़ मिलती जा रही है! थोड़ी बहुत सेविंग थी, वो भी वकीलों की फीस और पैरवी में खर्च हो गई! घर खर्च के लाले पड़ गये! दूसरी नौकरी की तलाश में दर-दर भटकता रहा, पर कहीं से भी पॉजिटिव रेस्पांस नही मिला!

इन सब मुश्किलों के बावजूद भी, अपने बेटे को एक नजर देखने की ख्वाहिश नहीं छोड़ पाया! वकील

की सलाह पर, 'चाइल्ड कस्टडी' का केस फाइल कर दिया! हफ्ते में एक दिन, 'संडे को', बेटे के साथ, वक़्त बिताने की इजाजत मांगी है, मैंने! पर श्वेता को इससे भी एतराज है! केस की सुनवाई पूरी हो चुकी है! आज "अंतिम फैसला" सुनाया जाएगा!

सिद्धार्थ, शायद वहीं से लौट रहा होगा?

पता नहीं फैसला किसके हक़ में हुआ?

.... कहां खोया था वो?

सामने से आ रही जीप, उसे दिखाई नहीं पड़ी?

ड्राइवर ने हॉर्न तो बजाया होगा?

शायद फैसला सुनकर उसके कान शून्य पड गये हों?

फिर हॉर्न की आवाज़ कैसे सुनाई देती?

मैं खुद से ही सवाल-जवाब किये जा रही थी!

कितना बड़ा दिल है इसका? श्वेता से मिले, "इतने बड़े धोखे" के बाद भी?

"उस बच्चे से प्यार है, जिसे अपना नाम देकर, एक नई ज़िंदगी दी है!"

सप्ताह में, मात्र एक दिन, बेटे के साथ बिताना चाहता था वो... ताकि उसे पिता के प्यार की कमी महसूस न हो!

पर "अपना सोचा कहाँ होता है"?

होता वही है, "जो मंज़ूरे ख़ुदा होता है"

अगले दिन अखबार के तीसरे पेज पर कोने में फिर छपा...

फॅमिली कोर्ट का फैसला आ चुका है, श्वेता की जीत हुई है!

और सिद्धार्थ, ICU में...

"अंतिम साँसे गिन रहा है"...

सच्ची श्रद्धांजलि

संध्या सुंदरी का आगमन हो रहा है। भुवन भास्कर की रश्मियां, देवदार के वृक्षों की टहनियों को स्पर्श करती हुई धीरे-धीरे ऊपर से नीचे की ओर, अवनी से मिलन के लिए उतर रही है। अवनी पर उनके विश्राम के लिए पर्ण सेज सज चुकी है। आज अमावस्या की अंधेरी रात है। सभी नगर वासियों ने अपने- अपने घरों को बिजली की रंगबिरंगी झालरों से सजा रखा है। मोहल्ले के लड़के लड़कियां सज-धज कर थाल में दीपक सजाकर, गंगा में दीप दान के लिए जाते हुए नज़र आ रहे हैं। उनके चेहरे प्रसन्नता से खिले हुए हैं।

अरे आज दीवाली की रात है ना? इसीलिए पूरा संग्रामगढ़ रोशनी से जगमगा रहा है। इसी जगमगाहट के बीच एक पुरानी हवेली ऐसे शांत स्थिर खड़ी है, जैसे रात के सारे अंधेरे को उस ने खुद में समेट लिया हो। न तो वहां पर बिजली की झालर है और न ही मिट्टी के टिमटिमाते दिये, रोशनी का नामोनिशान ही नहीं, सिर्फ़ अंधेरे का साम्राज्य है। यह पंडित चंद्र भूषण का 'ऐश्वर्य भवन' है। जिसे उनके पितामह ने बड़े शौक से बनवाया था। अब यहां ऐश्वर्य का नामोनिशान भी नहीं है। बगीचे की जगह अब मदार और अन्य जंगली झाड़ियों ने ले

ली है। उन्ही झाड़ियों के बीच से हो कर हवेली के मुख्य द्वार तक जाया जा सकता है।

पंडित चंद्र भूषण अपनी धर्म पत्नी की दवा लेकर वापस लौटते हुए रोशनी से सराबोर शहर को देख रहे हैं। अब वह बाहर की रोशनी देखकर चकाचौंध नहीं होते। उन्हें अपनी हवेली के उस सघन अंधेरे की आदत सी हो गई है। वह घर पहुंचकर अंदर अपने कमरे में प्रवेश करते हैं, जहां एक कोने में लालटेन जल रही है, शेष कमरा अंधेरे में डूबा हुआ है। वह दूसरे कोने में पड़ी एक तख्त पर जाकर बैठ जाते हैं और अपने पूर्वजों के वही पुराने बही खाते उलटने-पलटने लगते हैं, कि शायद कोई ऐसा कागज़ हाथ लग जाए, जिससे कुछ पैसे मिल जाएं और वह अपनी पत्नी का इलाज़ करवा सकें।

पुराने जीर्ण-शीर्ण कागजों को उलटते-पलटते वो अच्छे दिनों की यादों में खो जाते हैं! अतीत के ऐश्वर्य वैभव को याद करने लगते हैं। एक वो दिन था, जब पितामह जमींदार थे। सिर्फ़ 'संग्रामगढ़' ही नहीं पूरे 'प्रतापगढ़' क्षेत्र में उनका रोतबा था। बड़े बड़े साहूकारों को उधार देते थे। शहर के मानिंद लोगों से मेल मिलाप था। पूरा शहर उन्हे इज्जत देता था। और एक मैं, एक नंबर का निकम्मा आदमी, जिसने उनकी इज्जत को ख़ाक में मिला दिया। हमें आज ऐसे दिन देखने पड़ रहे हैं। हम एक-एक पाई के लिए मोहताज़ हैं। इसका जिम्मेदार शायद 'मैं ही हूं'। न तो खेती-किसानी संभाल पाया, क्योंकि उस पर मेहनत लगनी थी, न कोई रोजगार-धंधा

कर सका, क्योंकि उसके लिए पैसे चाहिए थे और न ही कोई नौकरी-चाकरी कर पाया क्योंकि उतना मैंने पढ़ा ही नहीं था। धीरे-धीरे करके पूर्वजों की सारी संपत्ति खर्च कर डाली।

इस हवेली और हमारे परिवार की दुर्दशा का असली जिम्मेदार...कौन है...? मेरे अलावा...?

एक समय वो था जब हवेली के ऊपर के हिस्से में खूबसूरत रमणियां नाच गाना करती थीं और आज जंगली कबूतरी की आवाज़ें सुनाई पड़ती हैं। अभी भी पूर्वजों की शानो-शौकत, उनका रहन-सहन, बड़े-बड़े जागीरदारों से उनका बात-व्यवहार, सब कुछ इस हवेली के जर्रे-जर्रे में सिमटा हुआ है। पर आज इस रोशनी के बीच सघन अंधेरे में लिपटी हमारी हवेली कितनी भयंकर लग रही है।

"अपनी तकलीफों के लिए अक्सर हम लोग समय को दोष देते हैं। कि हमारा वक्त खराब है इसलिए धन दौलत सब खत्म हो गया। पर यह बिल्कुल सच नहीं है। केवल खुद की लापरवाही, अकर्मण्यता और दूरदर्शिता की कमी का परिणाम है। जिसकी वजह से हमारी यह हालत है।"

चंद्र भूषण इन्हीं विचारों में खोए हुए थे, तभी बगल के कमरे से उनकी बीमार पत्नी ने आवाज लगाई।

आज दिवाली है ना...?

हां, आज दिवाली है, पंडित जी ने आहिस्ता से कहा

पर हमारे घर में तो अँधेरा पड़ा है..?

अब हमारी इतनी भी हैसियत नहीं, कि मिट्टी के दिये जला सके?

अच्छा, तुम मुझे उठा कर बैठा दो। मैं ख़ुद ही जला देती हूं। चंद्रप्रभा ने फिर कहा

चंद्रप्रभा काफी दिनों से बीमार चल रही है। सरकारी अस्पताल की फ्री वाली दवाइयां कुछ असर नहीं कर रहीं और प्राइवेट में दिखाने के लिए पैसे नही हैं! निष्ठुर काल जैसे इर्द-गिर्द मडरा रहा है। पंडित जी सिरहाने बैठकर उसके निस्तेज चेहरे को ताकते रहते हैं और सोचते हैं कि कितना खूबसूरत चांद जैसा मुखडा, आज कैसा हो गया है?

जब भी उनकी पत्नी, अपनी बीमारी हालत से घबरा जाती, तो पंडित जी उसके माथे पर हाथ रखकर उसे सांत्वना देते, चिंता मत करो...

"परमात्मा तुम्हे शीघ्र स्वस्थ करेंगे"

दुआ मांगने के अलावा, उनके पास कोई उपाय भी तो नही...

थोड़ी देर बाद...

मुझे उठा दीजिए प्लीज। मैं दिये जला देती हूं। आधी रात बीत चुकी है। और सारे घर में अंधेरा पसरा हुआ है।

उस समय रात के 12 बज चुके थे। पंडित जी ने अपने हाथों का सहारा देकर धीरे से चंद्र प्रभा को उठाकर

बैठाने की कोशिश की। पर वह गिर गई बिस्तर पर और बेहोश हो गई। अपनी पत्नी की ये हालत देखकर पंडित जी घबरा गए और दौड़े-दौड़े डॉक्टर को बुलाने उनके घर पहुंचे।

उस समय डॉक्टर साब अपनी रामबाण दवाई "अमृत सुधा" का इश्तहार छपवाने के लिए मैटर तैयार कर रहे थे।

"मर्दाना कमज़ोरी का राम बाण इलाज़ अब आपके शहर में, आपके अपने डॉक्टर कमाल सिंह के पास।"

आइए, शर्माइये मत, निः संकोच बताइए अपनी समस्या। आपके डॉक्टर के पास आपकी हर समस्या का समाधान है।

चंद्र भूषण ने घंटी बजाई, डॉक्टर साब ने गेट की लाइट जलाई और दरवाजा खोला। वो पंडित जी को देखकर अति प्रसन्न हुए क्योंकि रात में घर जाकर मरीज़ देखने के लिए वह दुगुनी फ़ीस लेते हैं। पंडित जी उनके पैरों से लिपट गए और रोते हुए बोले।

डॉक्टर साब, मेरी पत्नी की हालत बेहद गंभीर है, कृपा करके मेरे साथ चलिए और उसे देख लीजिए।

पैसे लाए हो? तुम्हे मालुम है ना? रात को हमारी फ़ीस डबल हो जाती है?

जी, मालुम है, पर इस वक्त मेरे पास पैसे नही हैं।

आप से हाथ जोड़कर विनती है। कृपा करके चले चलिए और अपनी बहू को बचा लीजिए, मैं जीवन भर आपकी चाकरी करूंगा और सारे पैसे चुका दूंगा। प्लीज दया करिए मुझ पर... आज आप ही भगवान हैं हमारे लिए....

पर डॉक्टर साब का 'हृदय पत्थर का' था, उसे पंडित जी के आंसू और अनुनय विनय बिल्कुल भी नही पिघला सके। वह नही आए।

"उनकी सोच बेहद अमानवीय है, उनको सिर्फ़ पैसे कमाने से मतलब है"

"उनके विचार से अमीर लोग शौकिया बीमार होते हैं। थोड़ा सा सर्दी जुकाम हुआ नहीं कि डॉक्टर के पास पहुंच गए। उनसे तो डबल फीस लेनी चाहिए। अगर कोई गरीब बीमार पड़ रहा है! तो इसमें मेरी क्या गलती है, कि मैं उसका मुफ़्त में इलाज करूं? मैंने कोई धर्म-खाता थोड़ी खोल रखा है।"

पंडित जी निराश होकर वापस अपने घर आ गए और सोचने लगे कि अब क्या करूं?

घबराकर हनुमान जी से प्रार्थना करने लगे...

सारे रास्ते वह इसी चौपाई को दोहराते रहे।

नाशहि रोग हरैं सब पीरा।
जपत निरंतर हनुमत वीरा।।

बड़ी मुश्किल से रात गुजरी और ब्रह्म मुहूर्त का समय हो गया। सवेरे के 4 बज रहे थे। पर पंडित जी हवेली के अंदर जाकर चंद्रप्रभा का हाल जानने की हिम्मत नहीं जुटा पा रहे थे। उनके पैर जैसे बहुत भारी हो गए हैं, वो उनका साथ ही नहीं दे रहे। वह किसी तरह गिरते पड़ते लड़खड़ाते घर के दरवाजे तक पहुंचे ही थे, कि अचानक उनके गेट के बाहर एक सफेद रंग की एंबेसडर कार आकर रुकी। उसमें से दो बंदूकधारी उतरे जो शायद गाड़ी वाले के सुरक्षा गार्ड होंगे।

उनमें से एक व्यक्ति ने पंडित जी के पास आकर पूछा, क्या पंडित चंद्र भूषण जी का घर यही है?

"पंडित जी को समझ ही नहीं आ रहा था, कि मुझ गरीब के यहां ऐसा कौन आ सकता है? जो कार में आएगा? क्योंकि जब बुरे दिन आते हैं तब आपके सगे संबंधी भी मुंह मोड़ लेते हैं! कोई रिश्ते नाते हमारे काम नहीं आते।"

पंडित जी ने खुद को संभालते हुए...

जी हां, यह उन्हीं का घर है।

उस आदमी ने वापिस जाकर अपने मालिक को बताया और एक खूबसूरत सा वेल ड्रेस्ड नवयुवक गाड़ी से बाहर निकल कर गेट के अंदर दाखिल हुआ। उसने पंडित जी के पास आकर उनके चरण स्पर्श किए और हाथ जोड़ कर विनम्रता से बोला...

आज तो मैं धन्य हो गया आपके दर्शन पाकर। बहुत समय से आप से मिलने की हृदय में लालसा थी पर पहुंच नहीं पाया। आज ईश्वर ने कृपा की मुझ पर और मुझे आपके दर्शन का सौभाग्य मिला।

पंडित जी ने सकुचाते हुए पूछा: आप का परिचय?

नवयुवक ने मुस्कुरा कर कहा: जी जरूर, हम सब बताते हैं, आप अंदर तो चलिए।

पंडित जी उसके साथ अंदर बैठक में दाखिल हुए, जिसमें अब कुछ पुरानी कुर्सियां और एक दीवान पड़ा हुआ है। उनके ऊपर धूल की मोटी परत चढ़ी हुई है। पंडित जी ने हाथ से दीवान के ऊपर बिछी पुरानी दरी को झाड़कर आगंतुक को बैठने का इशारा किया।

उसने अपना परिचय देते हुए कहा, जी आदरणीय, हमारा नाम अविनाश सिंह है, हम रामगढ़ के जमींदार के पोते हैं। पिता जी के, जाने के बाद.. हम एक दिन पुराने बही खाते देख रहे थे। उनके अंदर ये कागज़ मिला, जिससे मालुम हुआ कि हमारे पितामह ने, आपके पिताजी से 5 लाख रुपये उधार लिये थे जो व्याज सहित 20 लाख हो गये हैं। बस उसी को लौटाने आया हूं।

मेरा मानना है कि "पूर्वजों द्वारा लिया गया ऋण जब तक अदा नहीं करूंगा, उन्हें मुक्ति नहीं मिलेगी।"

"अक्सर देखा गया है, कि जो व्यक्ति स्पिरिचुअल होता है और धर्म पर विश्वास करता है! तो धर्म उसके

हृदय में इतनी प्रतिभा जरूर उत्पन्न कर देता है, कि उसे पता रहता है, कि पुण्य क्या है और पाप क्या है? लेकिन धर्म की इस प्रतिभा को स्वयं में धारण करने के लिए, एक पवित्र और सच्ची अंतरात्मा की भी आवश्यकता होती है।"

उस नवयुवक ने बड़े अदब से कहा, बस एक छोटी सी विनती है आपसे, कि आप अपने कागज़ों में देख लें और वहां पर अदा हो गए लिख दें, कृपया।

इतना सुनकर पंडित जी थोड़ा परेशान हो गए। उन्होंने अभी एक दिन पहले ही, दिवाली की रात को, अपनी फटेहाल ज़िंदगी से तंग आकर, गुस्से में कुछ लेन-देन के रजिस्टर और बही खाते आग के हवाले कर दिए थे। यह सोच कर कि उन्हें रखने से क्या फायदा? इतने सालों से दिवाली पर इनकी पूजा करता आया हूं। पर भगवान ने हमारी नही सुनी।

जी, अभी देखता हूं कहकर वह कमरे की तरफ़ बढ़े, पर मन ही मन सोच रहे थे कि अगर कागज़ नहीं मिला तो ये पैसे भी नहीं मिलेंगे। कमरे में पहुंचकर वह बचे हुए रजिस्टर और बही खाते बाहर निकालकर खोजने लगे। सौभाग्य से उन्हें वह कागज मिल गया, जिसमें इसके पितामह वाला उधार लिखा हुआ था।

उस रजिस्टर को लेकर वापस आते समय भी चंद्र भूषण के मन में अलग-अलग तरह के विचार चल रहे

थे, वह सोच रहे थे कि इसके साथ दो-दो बंदूकधारी हैं, कहीं ऐसा तो नहीं कि कागज़ ले लें और पैसा न दे?

"कोई भी व्यक्ति अपने जीवन में जब पैसों की वजह से बहुत ज्यादा परेशान होता है। तो उसे किसी पर इतनी आसानी से विश्वास नहीं होता"

वह अंदर-अंदर इसी उधेड़ बुन में लगे हुए थे, कि आज के समय में, "जहां ईमान इतना सस्ता बिक रहा है" ...कोई व्यक्ति इतना ईमानदार कैसे हो सकता है? बारह वर्ष बाद, बिन मांगे, किसी का पैसा ब्याज सहित लौटाने आया है?

फिर भी हिम्मत करके, रजिस्टर लेकर बैठक में आए और अविनाश सिंह के हाथ में पकड़ा दिया। उसने दीपक की रोशनी में उन कागज़ों को देखा और आश्वस्त हो कर, एक-एक लाख की 20 गड्डियां पंडित जी की ओर बढ़ा दी।

"उन्हें अपने भाग्य पर भरोसा ही नहीं हो रहा"

बिना गिने अपने कुर्ते की जेब में रख लेते हैं। अविनाश उनके पांव छूकर जाने के लिए उठ खड़ा होता है।

"अपना आशीर्वाद बनाए रखिए और दुआ करिए कि मेरे पूर्वज जहां कहीं भी हैं, उन्हें मोक्ष प्राप्त हो।" इतना कहकर वह कोठी से बाहर निकल जाता है।

पंडित जी उसे गाड़ी तक छोड़ने जाते हैं! और मन ही मन प्रसन्न हो रहे हैं कि परमात्मा ने आज हमारी सुन ली! अब सारी दरिद्रता दूर हो जाएगी। चंद्र प्रभा का

इलाज़ भी ठीक से हो पाएगा और उसके लिए गहने कपड़े भी आ सकेंगे। सबसे पहले यह खबर उसी को सुनाता हूं।

ऐसा सोचकर वो चंद्र प्रभा के कमरे में पहुंचे और उसको उठाकर अपने सीने से लगाकर बोले, देखो आज हमारे लिए बेहद खुशी का दिन है। आज परमात्मा ने हमारी प्रार्थना सुन ली। अब हम दोनों का शेष जीवन बड़े आराम से कटेगा। तुम सपने में भी नही सोच सकती, जो उन्होंने दिया है।

वो कहते हैं ना, "ईश्वर जब देता है तो छप्पर फाड़कर देता है"

"खुशी के अतिरेक में पंडित जी को यह भी समझ नहीं आया, कि चंद्रप्रभा तो अब, है ही नहीं। कब की जा चुकी है। बस उसका पंचभूतों से बना शरीर शेष है"।

जब वह कोई जवाब नहीं देती, तब पंडित जी उसे लिटा देते हैं और उसकी पलकें उठाते हैं, हाथ की नाड़ी टटोलते हैं। समझ जाते हैं, कि चंद्रप्रभा इस दुनिया में नहीं रही। जोर से दहाड़ मार कर रोना शुरू कर देते है। और ईश्वर से शिकायत करते हैं कि जब मेरी ज़िंदगी में चंद्र प्रभा ही नहीं रही, तो तुम्हारी इस दौलत का क्या फ़ायदा?

पंडित जी दुःखी होकर, एक लाख की गड्डी हाथ में लिये, क्रोध में डॉक्टर के घर पहुंचते हैं, जहां मरीजों की भीड़ लगी होती है। बिना नंबर के डॉक्टर के चैंबर में घुस जाते हैं और अंदर जाकर उसके सामने रूपए पटक देते हैं और बोलते हैं, कि लीजिए एक लाख रुपए,

आपकी कई वर्षों की फीस अदा कर रहा हूं! पर इन रुपयों के बदले मेरी चंद्रप्रभा मुझे लौटा दीजिए।

लौटा सकते हैं आप?

पंडित जी की बात सुनकर डॉक्टर साब बेहद शर्मिंदा होते हैं।

ऐसा लगता है जैसे आज उन्हे सच में आत्म ग्लानि हो रही है। उनके हृदय में आज पहली बार आत्म जागृति होती है। और वह महसूस करते हैं, कि पैसे की लालच में उन्होंने जघन्य अपराध किया है। जिसे ईश्वर कभी मुआफ़ नही करेंगे।

कुछ और नहीं कह पाते, सर झुका कर बस इतना ही कहते हैं...

"मैं शर्मिंदा हूं...सच में शर्मिंदा हूं।"

"तुम्हारे आगे क्षमा मांगता हूं, चंद्रप्रभा की आत्मा से क्षमा मांगता हूं"

पंडित जी को यह अहसास हो गया कि डॉक्टर साब को समझ आ गया है...

"ज़िन्दगी से बढ़कर" दुनिया की धन दौलत कुछ भी नहीं।

पंडित जी हवेली में वापिस आ कर अपनी प्राणों से ज़्यादा प्रिय पत्नी की अंतेष्टि क्रिया की तैयारी करते हैं। पूरा संग्रामगढ़ चंद्रप्रभा की अंतिम विदाई के लिए हवेली

में उमड़ पड़ता है। पंडित जी के कोई संतान नही थी। उन्होंने खुद ही अपनी पत्नी के पार्थिव शरीर को अग्नि दी और उस दहकती अग्नि ज्वाला के समक्ष ही संकल्प लिया कि इन बीस लाख रुपयों से, मैं तुम्हारी याद में एक अस्पताल बनवाऊंगा। जिसका नाम होगा "चंद्रप्रभा चैरिटेबल हॉस्पिटल", जिसमें गरीबों का मुफ़्त इलाज़ होगा। और तुम हमेशा के लिए अमर हो जाओगी।

यही होगी एक पति की अपनी अर्द्धांगिनी के प्रति "सच्ची श्रद्धांजलि"!

तेरहवीं के साथ ही उन्होंने अपनी पत्नी की बरसी भी कर दिया। जिससे हॉस्पिटल का निर्माण शुरू हो सके। पंडित चंद्र भूषण ने उस पुरानी हवेली को हॉस्पिटल में परिवर्तित कर, चंद्रप्रभा की यादों को हमेशा के लिए जीवंत कर दिया। और ख़ुद हवेली के पीछे वाले कमरे में रहने लगे।

ठीक एक साल बाद, चंद्रप्रभा की प्रथम पुण्यतिथि के सुअवसर पर प्रांत के स्वास्थ्य मंत्री श्री बृजमोहन अग्रवाल जी ने संग्रामगढ़ आकर "चंद्रप्रभा चैरिटेबल हॉस्पिटल" का उद्घाटन किया। पूरा इलाका आज अस्पताल के प्रांगण में आयोजित उद्घाटन समारोह में उमड़ा हुआ था और मां चंद्रप्रभा अमर रहे के नारों से आस-पास का वातावरण गुंजायमान हो गया।

वो खुद ही बिक गया

मैंने एक वर्ष पहले यह ऑफिस ज्वॉइन किया था। ऑफिस में कुल सात लोग काम करते हैं। बड़े साहब, छोटे साहब यानी कि मैं और पांच लोग ऑफिस स्टॉफ। बड़े बाबू, छोटे बाबू, अकाउंटेंट के अलावा दो चपरासी हैं, जिनमें एक का नाम है दयाराम। वह बेहद सीधा-साधा और ईमानदार आदमी है।

समय की पाबंद होने के नाते मैं ठीक 9.30 बजे ऑफिस पहुंच जाती थी। दयाराम हमेशा मुझे वहां मौजूद मिलता था। सुबह बड़े साहब के घर से चाभी लाकर ऑफिस खोलना और फिर शाम को ऑफिस बंदकर चाभी उनके घर पहुंचाना उसकी रोज़ की ड्यूटी में शामिल था।

वह मुझे देखते ही बड़े अदब से सर झुका कर नमस्ते मैम जी कहता, फिर एक हाथ में मेरा बैग पकड़ता और दूसरे हाथ से मेरे कमरे का दरवाजा खोलता, मेरे कुर्सी पर बैठते ही बिन मांगे एक गिलास पानी लाकर रख देता।

सारा दिन ऑफिस के काम से एक विभाग से दूसरे विभाग दौड़ाया जाता, पर कभी शिकायत नहीं की उसने। उसके अलावा दफ़्तर के अन्य कर्मचारी या तो बड़े बाबू

को मक्खन लगाते हुए या उनके साथ बैठ कर गप्पे लड़ाते नज़र आते हमेशा।

बड़े बाबू की तो मत पूछिए, वो बस उतनी ही देर एक्टिव रहते, जब बड़े साहब आ जाते, उसके बाद तो ऑफिस में उनका ही आदेश चलता। कभी चाय की चुस्कियों के साथ अपने कुनबे का बखान कर रहे होते तो कभी देश की राजनीति पर टिप्पणी, बाकी सब उनकी हां में हां मिलाते। इकलौता दयाराम दरवाजे के पास चुपचाप स्टूल पर बैठा रहता। हमें उस पर बहुत दया आती थी।

बेचारा, किस्मत का मारा, कहां फंस गया इन लोगों के बीच में।

बाकी सब बड़े बाबू को तेल लगाकर अपने इंक्रीमेंट की फाइल समय पर साहब के पास भेज देते, बस दयाराम की फाइल बड़े बाबू की दराज में धूल खा रही होती।

ऑफिस स्टॉफ में सबको ज्यादा तनख्वाह मिलती है, और उसे सबसे कम...

हम अक्सर सोचते, कि मेहनत का फल तो मीठा होता है ना?

पर बिचारे दयाराम के केस में तो एकदम उल्टा है। आखिर ऐसा क्यों?

तरक्की तो छोड़िए, एक भी सालाना इंक्रीमेंट नही मिला है। बस ऑफिस की सारी डाक लाने ले जाने का काम बिचारे दयाराम का है। वह दिन भर इस विभाग से उस विभाग, उस विभाग से इस विभाग दौड़ता रहता, कभी पोस्ट ऑफिस जाता पार्सल छुड़ाने तो कभी बड़े साहब का ट्रेन टिकट कराने रेलवे स्टेशन, उसकी ड्यूटी सवेरे 8 बजे साहब के घर से शुरू होती और शाम को करीब 7 बजे उन्ही के घर से समाप्त होती थी।

एक दिन ऐसा हुआ कि बड़े बाबू के पास बैठकर अकाउंटेंट कुछ हिसाब किताब लिख रहे थे। दयाराम पोस्टऑफिस से वापिस आया और पार्सल बड़े बाबू की टेबल पर रख दिया। गलती से बगल में रखा पानी का गिलास गिर गया, जिसके छींटे अकाउंटेंट की फाइल में भी पड़ गए। अब बड़े बाबू दयाराम पर बहुत तेजी से नाराज हो गए और ऊंची आवाज़ में डांटते हुए अपशब्द बोलने लगे।

मुझे अपने रूम में ज़ोर की आवाजें आने लगीं, मैं उठ कर ऑफिस में गई और वहां पहुंच कर मैंने बड़े बाबू से पूछा....

क्या हो गया है? आप इतनी जोर से क्यों चिल्ला रहे हैं?

देखा दयाराम सिर झुकाये खड़ा है और बड़े बाबू उसको जितने तरह के अपशब्द कह सकते हैं, कह रहे हैं।

मैंने दुबारा पूछा,

आख़िर हुआ क्या?

मैडम आप नहीं जानती इसे, यह बहुत बड़ा शातिर है, बस देखने में सीधा लगता है। ठीक से कोई काम कर ही नही सकता... देखिये पानी गिरा दिया टेबल पर सारी फाइल भीग गई।

अरे उस बेचारे ने जान बूझकर थोड़ी गिराया है। गलती से गिर गया होगा।

उन्ही के सपोर्ट में अकाउंटेंट भी बोल पड़े।

मैडम आप इसे नहीं जानती। यह बहुत ही बदमाश आदमी है। इसके पास गांव में खेत खलिहान, बाग बगीचा सब है। हजारों रुपए का गन्ना हर साल बेचता है। मज़ाल है कभी किसी को एक टुकड़ा लाकर दिया हो। आला दर्जे का मक्खीचूस है। सिर्फ बना गरीब रहता है।

उनकी बात सुनकर थोड़ा-थोड़ा समझ तो रही थी, कि असली माजरा क्या है।

मैंने दयाराम की ओर मुखातिब होकर पूछा...

क्यों दयाराम... ऐसी बात है...??

उस गरीब ने कोई जवाब नहीं दिया।

मैंने अकाउंटेंट से कहा, ऐसी बात है तो ठीक है। आप दयाराम से बोलो, फ़िर देखो वो लाता है या नहीं।

बड़े बाबू काफ़ी शातिर है, वो समझ गए और तुरंत बात को पलटते हुए बोले, नहीं मैडम यह क्या लाकर देगा?

कुछ नहीं चाहिए हम लोगों को....

"कितना भी भरा पड़ा हो आदमी के पास, जब दिल नहीं होता, तो वह किसी को कुछ नहीं दे सकता।"

मैं सब समझ गई। मैंने दयाराम को वहां से हटाने के मकसद से, उससे बोला... जाओ मेरे लिए एक कप काफ़ी बना दो।

जिससे वो वहां से हट जाए और उस बेचारे का बचाव हो सके।

थोड़ी देर बाद दयाराम काफ़ी लेकर मेरे कमरे में आया, तब मैंने उससे पूछा, सुनो... खेत खलिहान है गांव में?

जी मैडम जी, थोड़ा बहुत है, बस खाने भर का अनाज हो जाता है और ऊपर का खर्चा, तनख्वाह से चल जाता है।

मैंने उसे समझाते हुए कहा, अरे दयाराम उसी में से थोड़ा बहुत गन्ना मटर लाकर बाबू लोगों को दे दिया करो। जिससे ये लोग तुमसे खुश रहेंगे और तुम्हारी भी तरक्की की फाइल आगे बढ़ जाएगी। आखिर फाइल तो बड़े बाबू ही रखेंगे साहब के सामने।

जी हजूर, इस समय तो मटर और गन्ना ही बोया गया है। उसी का सीजन है, फसल तैयार है। और तो कुछ नहीं है अभी।

मैंने कहा ठीक है, जो है वही लाकर दे दो।

अगले दिन सुबह जब मैं ऑफिस पहुंची तो क्या देखती हूं कि विभाग के नीचे दयाराम के साथ दो लड़के मटर की फली से भरे टोकरे सर में रखे खड़े हैं और बगल में गन्ना दबाएं हैं। और दूसरे विभाग के चपरासी लोग मटर की फली छील छील के खा रहे हैं, कुछ लोग गन्ना चूस रहे हैं।

मुझे देखते ही दयाराम थोड़ा सहम सा गया। और बड़े बाबू जोर से बोले, ये क्या भीड़ इकट्ठा कर रखी है?

उसने कोई जवाब नहीं दिया। बड़े बाबू दुबारा बोले,

आने दो साहब को मैं तुम्हारी शिकायत करता हूं।

इतना सुनकर मैंने बड़े बाबू से कहा... अरे बड़े बाबू, वो बिचारा आप लोगों के लिए गांव से ताज़ी मटर और गन्ना ही तो लाया है। आप लोग थोड़ा-थोड़ा, अपने-अपने घर भेज दीजिए।

"बड़े बाबू ऊपर से यह नहीं दिखाना चाहते थे कि हम लोग लालची हैं जबकि अंदर अंदर ना जाने कब से उम्मीद लगाए बैठे थे"।

इसकी क्या जरूरत थी मैडम, यह बेकार लाद फांद कर ले आया है गांव से। बड़े बाबू ने कहा...

"यह तो वही बात हुई ना कि मन में तो लड्डू फूट रहे हैं और ऊपर से आप गुस्सा दिखा रहे हैं।"

मैंने धीरे से कहा, अरे आपस में सब लोग बांट लीजिए! नहीं तो, दूसरे विभाग के लोग खा पी के बराबर कर देंगे।

जी ठीक है कहकर, बड़े बाबू ने आधा सामान अपने घर भिजवा दिया और बाकी आधा, छोटे बाबू और अकाउंटेंट में बांट दिया।

उस दिन के बाद से ऑफिस में दयाराम की खातिरदारी होने लगी। उसे काम तो सौंपा जाता, अगर वह काम करके थोड़ा लेट भी आता, तो भी उसे बड़े बाबू से डांट नहीं पड़ती थी।

धीरे-धीरे दयाराम भी ऑफिस वालों को खुश करने में माहिर हो गया। जो भी उसके खेत में उस सीजन में होता वह सब लाकर बाबू लोगों को देने लगा। दीवाली पर मिठाई का डिब्बा लाकर देता। धीरे धीरे सब लोग उससे खुश रहने लगे। दयाराम के काम करने के तौर तरीकों में स्पष्ट परिवर्तन दिखने लगा।

फिर एक दिन मैंने देखा कि दयाराम पोस्ट ऑफिस से पार्सल छुड़ा कर लौट रहा है, लाइब्रेरी के लिए किताबें मंगवाई गई थी। उस ट्रॉली में कई बंडल थे किताबों के।

उसने ट्रॉली भाड़ा सौ रुपये तय किया था। इसलिए बड़े बाबू से सौ रुपये लिए ट्रॉली वाले को देने के लिए। उसे नही पता था, कि हम मीटिंग से लौटे हैं और नीचे ही अपनी गाड़ी पार्क कर रहे हैं। हम थोड़ा ओट में खड़े होकर उसकी बातें सुनने लगे।

देखो, तुम जादा भाड़ा मांग रहे हो, पोस्ट ऑफिस से यहां तक का भाड़ा सिर्फ पचास रुपए होता है। दयाराम ने ट्रॉली वाले से...

किताबों के सारे बंडल लाइब्रेरी में रखवाने के बाद दयाराम ने नीचे जाकर, 'सौ' की नोट ट्रॉली वाले को पकड़ाई और बोला 'पचास' वापिस करो मुझे। ट्रॉली वाला चिल्लाने लगा और बोला आप तो 'सौ' में तय करके लाए थे?

तुम मुझे बेवकूफ समझ रहे हो क्या?

पोस्ट ऑफिस से कितनी दूर है हमारा ऑफिस, ये हमें नहीं पता, तुम बताओगे?

'पचास' से ज्यादा का काम नहीं है। मैं भी तो गया था पार्सल छुड़ाने, इसमें आधा मेरा बनता है।

ट्रॉली वाले को धमकाकर उसने 'पचास' रुपए वापिस ले लिए...

मैं साइड में खड़ी सारा नज़ारा देख रही थी। मन ही मन विचार करने लगी, ये पुराना दयाराम नही है, अब इसका इस नए किरदार में रूपांतरण हो चुका है....

आख़िर इसका दोषी कौन है?

क्या यह वही दयाराम है, जो बेहद नेक और ईमानदार आदमी हुआ करता था?

क्या एक ईमानदार और सीधा-साधा आदमी इस तरह बदल सकता है?

सोचते हुए, मेरे सामने कई 'यक्ष प्रश्न' एक साथ खड़े हो गए...

क्या उसका सीधा सादा ईमानदार रहना बुरा था या निर्भीक और बेईमान बन जाना ज्यादा अच्छा है?

इसमें किसकी त्रुटि है मेरी या दयाराम की?

मैं, जिसने उसे लेन-देन का मार्ग सिखाया या

वह, जो लेन-देन करते खुद ही बिक गया?

ऐ ज़िंदगी,
तेरा शुक्रिया

ऐ ज़िंदगी, तेरा शुक्रिया

ज़िंदगी, सिर्फ़ एक कहानी नही, बल्कि कहानियों का पुलिंदा है - इसी किताब से...

विगत वर्षों में मैंने देश- विदेश की बहुत सारी यात्रायें की! सफ़र के दौरान बहुत सारे नए-नये लोगों से मुलाक़ात हुई! जिनमें से, कुछ लोग मेरे संपर्क में रहे, कुछ इन कहानियों के किरदार बने और कुछ ने मेरे जीवन की दिशा ही बदल दी! आप सभी का हृदय से आभार...आपके बिना, मैं आज यहाँ नही होती, ये शब्द नहीं लिख रही होती!

सबसे पहले आभारी हूँ, परम पिता परमेश्वर की, जिसने हम सभी को बनाया और शब्दों की अनोखी दुनिया से हमारा परिचय कराया!

आभार प्रिय पाठकों का, अपना मानसिक सूटकेस पैक करके मेरे साथ एक और खूबसूरत यात्रा पर चलने के लिए! आपके बिना मैं यहाँ नही होती, ये कहानियां नही लिख रही होती!

आभार नोशन प्रेस की पूरी टीम का! ख़ास तौर पर नेहा थॉमस, मेघना सिंह और सुहेल हसन का!

जिनकी वजह से "ज़िंदगी यहीं कहीं" इस रूप में आपके सामने है!

मेरे काव्य संग्रह 'अनहद बाजे' को पढ़ने और अपना स्नेह देने के आपका आभार...यह वादा कर सकती हूं, कि मेरी अगली किताब "हिस्टोरिकल नॉन फिक्शन" जल्द ही आपके हाथों में होगी! और आप जैसे पाठकों का प्यार फिर से मिलेगा!

विशेष आभार हमारे अग्रज कथाकारों, खासतौर पर पद्मश्री अजीत कौर जी, ममता कालिया जी, सूर्य बाला जी और अयोध्या नाथ चौधरी जी का, जिन्होंने अपना बहुमूल्य समय देकर कहानियों को पढ़ा और अपनी सारगर्भित समीक्षा दी!

हृदय से आभार पूज्य माता-पिता और गुरुजनों का जिनके स्नेह, शिक्षा और आशीर्वाद के बिना विमला की कहानी पूरी नहीं हो सकती थी! आभार मेरे सबसे प्यारे दोस्त और सोलमेट श्री रूप व्यास जी का, जो मेरी आंतरिक शक्ति बनकर हर पल मेरे साथ रहते हैं!

आभार श्री विकास दवे जी का "ज़िंदगी यहीं कहीं" की एक झलक, पाठकों को दिखाने के लिए!

आभार श्री दिव्य प्रकाश दुबे, प्रो. मिथिलेश कुमार त्रिपाठी और संजय बनौधा का, जो मेरी कहानियों के पहले पाठक और निष्पक्ष समीक्षक रहे हैं!

अंत में आभारी हूं उनकी, जिनके बगैर ज़िंदगी की कल्पना करना मुश्किल है! अपने पूरे परिवार की, खासतौर पर प्रिय बच्चे शिवम्, स्वर्णा, सत्यम्, अवनी और अतिप्रिय ईवान की, जिनके स्नेहपूर्ण योगदान को मैं कभी नहीं भूल सकती!

आप सभी की प्रतिक्रियाओं का इंतजार पहले की तरह इस बार भी रहेगा! आपको, आपकी कहानी कैसी लगी बताइयेगा जरूर!

LOVE, PEACE AND LIGHT

डॉ विमला व्यास

अंदाज़..कुछ अलग है..
मेरे जीने का..
सब को...
मंज़िल का शौक़ है..
मुझे सही रास्तों का...!
~ विमला व्यास

डॉ विमला व्यास - एक परिचय

पांच दशक से अधिक समय से रचनाधर्मिता की यात्रा की सतत राही हैं! वह एक सुप्रसिद्ध लेखिका, शिक्षक और वैज्ञानिक हैं! 20 नवंबर को चित्रकूट में जन्मी, डॉ विमला व्यास ने 9 वर्ष की अल्प आयु में लिखना आरंभ किया! उनकी पहली कविता, बहुचर्चित काव्य संग्रह, "अनहद बाजे: वीणा मन की" में उधृत की गई है!

साहित्य को वह ईश्वर का वरदान मानती हैं! जिसका मूल उद्देश्य सत्य की खोज है! प्रयागराज उनकी कर्मभूमि है! इलाहाबाद विश्वविद्यालय से रसायनशास्त्र में D.Sc हैं! चार दशक तक इलाहाबाद विश्वविद्यालय के रसायन विभाग और मानव संसाधन विकास केंद्र में प्रोफेसर/ निदेशक के पद पर कार्य कर चुकी हैं! इलाहाबाद में जुवेनाइल मजिस्ट्रेट भी रही हैं! विभिन्न विधाओं में करीब एक दर्जन से अधिक पुस्तकों की लेखिका हैं! दो सौ से अधिक शोध पत्र और आर्टिकल विभिन्न राष्ट्रीय-अंतरराष्ट्रीय जर्नल एवं मैग्जीन में प्रकाशित हो चुके हैं! विश्व के अनेक देशों, जैसे अमेरिका, कनाडा, France, Germany, UAE, नेपाल की यात्रा कर चुकी हैं! विभिन्न अंतरराष्ट्रीय संस्थाओं द्वारा समय-समय पर विशिष्ट अतिथि एवं वार्ताकार के रूप में आमंत्रित किया गया है! कहानी, कविता, उपन्यास, संस्मरण आदि, हर विधा

में लिखती हैं! अनुवाद और संपादन का कार्य भी बखूबी करती हैं! अपनी कलम के माध्यम से सोशल चेंजमेकर की भूमिका निभाते हुए, आज के समाज को एक नई दिशा में आगे बढ़ने के लिए प्रेरित कर रही हैं!

कुछ प्रतिष्ठित पुरस्कार, जिनसे उन्हें, विभिन्न राष्ट्रीय अंतर्राष्ट्रीय संस्थाओं द्वारा नवाजा गया है! "साहित्य भूषण सम्मान", "महीयषी महादेवी वर्मा साहित्य शिखर सम्मान", "लाइफ टाइम एचीवमेंट अवार्ड", "गोस्वामी तुलसीदास सम्मान", "चाणक्य मेधा शक्ति साहित्य शिखर सम्मान," "अहिल्या बाई सम्मान," "महाराज कृष्ण जैन स्मृति सम्मान," नेपाल, "सर्वधर्म समभाव प्रयाग गौरव सम्मान," "महिला गौरव सम्मान", "साहित्य किरण सम्मान", "Who is Who in the World" ABS, USA, 1995, "सेवा रत्न अवार्ड 1998" BSS, USA), "Influential Women Achiever and Influncer of Excellence Award," 2022, III, Oman

डॉ विमला व्यास नाम है, अनेक प्रकार की प्रतिभाओं के एक समुच्चय का! विभिन्न क्षेत्रों में इन्होंने जो किया, सो किया, लेकिन सबसे महत्वपूर्ण बात यह है कि कभी "सत्य का दामन" नहीं छोड़ा और हर क्षेत्र में "मानवीय मूल्यों" को प्रतिस्थापित किया है!

डॉ विमला व्यास

E-mail: vimlavyas@gmail.com

तुम किसे खोज रहे हो?

प्रेम और शृंगार के अत्यंत सहज, सरल और स्नेह निर्झर की कल-कल सा बहता, यह 'काव्य सृजन' मनुष्य हृदय को, एक अलग प्रकार का आनंद देने में सक्षम है!

अनहद बाजे: वीणा मन की

Do you want to know about higher education in a globalised world?

This scholarly edition is a modest but substantial effort to reflect on the emerging trends and newer challenges facing higher education in a globalised world, in the contest of drastic changes that are shaping the social economic and natural environment of 3rd Millennium.

Higher Education in the Global Era: From Vision to Implementation